König Laurin
und sein
Rosengarten

König Laurin und sein Rosengarten

Höfische Märe aus den Dolomiten

Nach den mittelalterlichen Dichtungen
und nach verschiedenen Volkssagen
in freier Bearbeitung wiedergegeben

von

Karl Felix Wolff

VERLAGSANSTALT ATHESIA | BOZEN

Umschlagbild:
Alpenglühen am Rosengarten bei Tiers
(Ölgemälde von Richard Wolff)

2011 · 16. Auflage

Umschlaggestaltung: Roland Prünster, Bozen
Gesamtherstellung: Athesiadruck, Bozen

ISBN 978-88-7014-047-7

www.athesiabuch.it
buchverlag@athesia.it

Dis Biechlin saget von dem
Rosengarten Künig Laurins
und ouch von den Rysen, —
wie sie mit einander striten,
und von den schönen Frauwen.

(Aus einem Straßburger Druck vom Jahre 1509)

ZUM GELEIT

Ein ganzes Leben lang hat der Linguist und Sagenforscher Karl Felix Wolff unermüdlich an der Hebung und Deutung des ladinischen Sagenschatzes gearbeitet; von früher Jugend an, als er zum erstenmal aus dem Munde einer alten Kinderfrau im melodischen Dialekt der ladinischen Täler Bruchstücke aus dieser Welt voller Geheimnisse hörte, war er ihr verfallen. Als nun um die Jahrhundertwende durch den Bau der Verkehrswege in die Dolomitentäler die Tore Ladiniens weit geöffnet wurden, da erkannte der damals noch junge Gelehrte mit geradezu prophetischem Weitblick das Gebot der Stunde: Es galt, den Hort rätischer Sage und Überlieferung zu heben, bevor er durch fremde Einflüsse überlagert und in Vergessenheit gedrängt würde. Dieser Arbeit widmete sich Wolff mit Feuereifer und Leidenschaft; ohne Rücksicht auf Sicherheit und Existenz, ja oft ohne Bedacht auf schwere Entbehrung, getrieben vom Fanal der hohen Aufgabe — so zog er unablässig durch die Täler der Dolomiten, er erlernte die Sprache der Rätoromanen, saß an langen Winterabenden in den Spinnstuben der Einzelhöfe, wo Erzählerinnen oft stundenlang den seltsamen Sang der rätischen Berge zu raunen wußten, und er zog mit den Hirten auf die weltverlorenen Hochalmen und lauschte ihren Erzählungen, lauschte dem Lied, das zwischen den dunklen Wäldern und den hellen Felsen der Dolomiten webt.

Stück um Stück hob er so die zersprungenen Splitter einer versunkenen Glocke, Stück um Stück fügte er dazwischen — Frucht eines nimmermüden Forscherlebens, das alle Fragen des Rätischen und alle Gebiete indogermanischer Sagenüberlieferung einbezog. So verstand er sich als Bewahrer und Kompilator dieses Sagenschatzes, als deren Glanzstück er die schöne Mär von König Laurin und seinem Rosengarten sah, der seine besondere Neigung galt; er nannte sie selbst die „Krone aller Alpensagen“, und er gab sie in verschiedenen Bearbeitungen heraus, mit wissenschaftlich fundierten Anmerkungen versehen und — wie im vorliegenden Text der vierten bis zehnten Auflage — im Zusammenhang aus allem Quellenmaterial dargestellt und mit Streiflichtern aus Volkssage und späterer Darstellung ausgeschmückt.

Im Jahre 1966 ist Wolff als Siebenundachtzigjähriger in Bozen gestorben; mit ihm sank der treueste Paladin der Dolomitensage und König Laurins ins Grab, dem Märchenerzähler der „Bleichen Berge" leuchtete sein Rosengarten zum letztenmal. Als kostbares Vermächtnis hat er uns das schimmernde Bild des hochgemuten Königs Laurin mit seinen Zwergen hinterlassen, die Geschichte von Kampf und Versöhnung mit Dietrich von Bern, dem großen Theoderich von Verona, der dort noch am herrlichen Portal der Kirche San Zeno in Stein gemeißelt zu sehen ist, während Laurin selbst längst wieder in seine Berge zog, aus denen er einst gekommen war.

Josef Rampold

Zur Bebilderung dieser Auflage

Um die Jahrhundertwende schuf der Bozner Maler Ignaz Stolz (1840—1907), Vater der nachmals sehr bekannt gewordenen Malerbrüder Ignaz, Rudolf und Albert Stolz, diesen Zyklus von Darstellungen der Laurinsage für das Schutzhaus am Völser Weiher. Der gewandelte Zeitgeschmack verkannte Jahrzehnte danach den Wert der Bilder, und sie verstaubten am Dachboden — bis der kunstverständige letzte Besitzer des Weihergasthauses, Dr. Adolf Schnabl, auf diesen Schatz stieß, die Bilder fachgerecht restaurieren ließ und sie zum schönsten Schmuck der von ihm angebauten „Laurin-Stube" machte.

Dies beginnt nun mit dem Raub der Similde und deren Befreiung, es folgt der Kampf Laurins gegen Dietrich von Bern und dessen Waffenmeister Hildebrand, und endet mit Laurins Gefangennahme; nach einer lokalen Version der Laurinsage ist er als versteinertes Felsbild am Tschafon zu sehen, von wo er traurig auf sein verlorenes Reich blickt. — Die Darstellung entspricht ganz der romantisierenden Sagenauffassung des 19. Jahrhunderts und darf als Musterstück einer kongenialen Buchillustration gelten, die uns in ihrer lebendigen Bewegtheit und guten Durchzeichnung heute wieder besonders anspricht, wenngleich sich das Bild Laurins gerade bei Wolff mittlerweile stark zu seinen Gunsten gewandelt hat. — Die beiden dieser Auflage ebenfalls neu beigegebenen Ölgemälde stammen wie das Umschlagbild von Richard Wolff, dem Bruder von Karl Felix (aus „Schlern", Jg. 1964, S. 72). Richard Wolff hat sein Leben lang versucht, das Farbenwunder des Rosengartens zu bannen, und so hat man ihn auch den „Rosengartenmaler" genannt.

VORWORT ZUR DRITTEN AUFLAGE

Zum drittenmal erscheint nun mein „König Laurin" und wiederum habe ich die Darstellung stark verändert. In der zweiten Auflage sagte ich, daß ich es für das Beste hielte, den rätselhaften Dietleib einstweilen vollkommen auszuschalten. Nun hat auch Dietleib in der Erzählung seinen Platz gefunden, und zwar benützte ich dafür als Grundlage die norwegische Wilkina-Saga, die uns über Dietleibs Herkunft und Wesen wichtige Aufschlüsse erteilt. Daraus glaube ich folgern zu müssen, daß Dietleib überhaupt kein Mann sei, sondern ein im Waffenkleide auftretendes Mädchen, eine Walküre oder Schildmaid, und ich habe nun die Erzählung entsprechend ausgestaltet.

*

Um aber den Ablauf der Handlung und die seelische Haltung der Schildmaid richtig zu verstehen, hat man sich vor allem von der Vorstellung freizumachen, daß König Laurin und seine Leute keine Menschen, sondern lächerlich kleine, ungestaltete und häßliche Zwerge gewesen seien. Das ist spätere Übertreibung und Entstellung. Man muß sich also daran gewöhnen, die Sage richtig zu deuten, d. h. in den angeblichen Zwergen die Urbevölkerung zu erblicken, Angehörige eines kleineren Menschenschlages, der einst in den Alpen gelebt hat und heute noch dort nachzuweisen ist. Es waren mutige und fleißige Leute, die sich besonders im Bergbau betätigten und bewährten. Die Zwergensage beruht auf klaren, rassengeschichtlichen Tatsachen. Trotz jahrtausendelanger Vermischung kann man noch immer in manchen Teilen des Alpenraumes zahlreiche Personen begegnen, die eine gute Spanne kleiner sind als die übrige Bevölkerung. Sie stammen zweifellos von den Ureinwohnern ab, die somit den einrückenden Indogermanen als „Zwerge" erscheinen mußten. Diese kleinen Leute sind aber durchaus nicht schwach, sondern gedrungen, ausdauernd und kräftig. Die Sage hat daher vollkommen recht, wenn sie die „Zwerge" als tüchtig in allen Belangen und ihren

König als vornehm und mächtig schildert. — Nur wenn man von diesen Voraussetzungen ausgeht, wird man das Verhalten und das Schicksal der Schildmaid ganz begreifen können.

•

Wie gezeigt werden soll, hat die Dietleib-Sage norwegischen Ursprung. Ihr besonderer Reiz liegt nun darin, daß sie das rätische Laurin-Epos mit der germanischen Sagenwelt, das Alpenländische mit dem Nordischen, also die Geister der Berge mit denen des Meeres verbindet; nicht umsonst führt Dietleib das „Meerwunder" auf seinem Schilde. Ich habe versucht, dies alles erzählungsmäßig zur Geltung zu bringen. Deshalb hielt ich mich für berechtigt, nicht nur das alpenländische Sagengut heranzuziehen, sondern auch aus dem Jungbrunnen der nordischen Überlieferung brauchbare Bilder und Stimmungen zu schöpfen für meine neue Bearbeitung des „Laurin". Indem ich nun die in der Dietleib-Sage verborgene Walküren-Dichtung mit der viel späteren Similden-Dichtung verband, habe ich allerdings meine Neugestaltung mit einem Anachronismus, einem Zeitverstoß, belastet. Dessen bin ich mir wohl bewußt. Ich glaubte mir aber diese Freiheit gestatten zu dürfen, weil auch die Volkssage, wenn sie sich im Laufe langer Zeiträume ausbaut, alle vorhandenen Gegebenheiten benützt und vor Anachronismen nicht zurückschreckt.

•

Ferner bin ich jetzt auch dazu geschritten, die ladinische Sage von der „Rose des Gedenkens", die ich schon 1929 bearbeitet und veröffentlicht habe, in den Laurin-Text einzuschalten, und zwar habe ich sie an die Spitze gestellt, weil sie den Leitgedanken in sich schließt, nämlich die Zurückführung der Rosengarten-Sage bis auf das Mutterrecht und auf den dazugehörigen Begriff der „guten, alten Zeit".

•

Mit reicheren Mitteln als in den früheren Auflagen, aber wiederum nicht willkürlich, sondern unter sorgfältiger Beachtung alles erreichbaren Stoffes, soll hier der Versuch erneuert werden, die alte, märchenhafte Erzählung von König Laurins Rosengarten möglichst klar herauszuarbeiten und sie ohne innere Widersprüche den Lesern vorzuführen. Der Abstand von dem mittelhochdeutschen Spielmanns-Liede ist dabei noch größer geworden.

*

Gegen meine Darstellung läßt sich auch der Einwand erheben, daß sie Stil-Schwankungen enthalte, will sagen, daß ihr inneres Gefüge nicht aus einem Gusse sei. Diese Eigentümlichkeit liegt aber im Wesen der Laurin-Dichtung begründet, die sich über viele Jahrhunderte erstreckt, und die somit in ihrer Volkszugehörigkeit, in ihrer Stimmung und Klangfarbe nicht einheitlich sein kann. Der Märchenton ist eben ein anderer als jener der Heldensage, und auf der frühmittelalterlichen Reckenstufe sprach man noch lange nicht so, wie im späteren höfischen Ritterroman. Weil aber die Laurin-Dichtung das alles umfaßt, muß sie — bei Betrachtung der Einzelheiten — unausgeglichen erscheinen.

*

Bei der Bearbeitung des erzählenden Teiles, der ja einen Märchenkranz darstellt, leiteten mich folgende Überlegungen und Grundsätze. Das Märchen ist gleichzeitig exoterisch und esoterisch, d. h. es wendet sich mit denselben Worten an die Uneingeweihten, das sind in diesem Falle die Kinder, und an die Eingeweihten oder Wissenden, das sind die Erwachsenen, und hier wie dort will der Märchenerzähler seine Zuhörer fesseln. Die Zielsetzung ist nur eine, die Wege und Mittel aber sind verschieden. Also biete der Märchenerzähler den Kindern reiche Handlung und bunte Bilder im Rahmen der heimatlichen Landschaft, um anregend auf die geistige Entwicklung zu wirken und die Treue zur Scholle zu stärken — den Erwachsenen hingegen zeige er seelische Vorgänge und schicksalsmäßige Abläufe, die vollkommen klar, lebensgetreu und natürlich wirken sollen, denn das Märchen ist nur schrankenlos in den Äußerlichkeiten, dort aber, wo es den Menschen mit seinen Leidenschaften, seinen Schwächen und Tugenden schildert, muß es von allerstrengster Wahrhaftigkeit sein.

Da die Laurin-Dichtung sehr stark ins Lyrische neigt, so hielt ich mich für berechtigt, meiner Darstellung alle möglichen lyrischen Zitate einzuverleiben, insoferne sie sich mit dem Text sinngemäß berühren. Zunächst wurden dabei jene Dichter berücksichtigt, die sich in irgendeiner Weise mit unserem Gegenstande beschäftigt haben. Als Kompilator fühle ich mich verpflichtet, sie in dieser zusammenfassenden Arbeit so oft als möglich zu Worte kommen zu lassen. Trugen doch jene Dichter sämtlich dasselbe Streben und dasselbe Sehnen in sich: sie alle sind dem Rosengarten mit heißem Herzen zugegangen, sie alle waren durch Gefühlswellen miteinander verbunden, sie alle haben sich ehrlich bemüht, die geheimnisvolle Laurin-Sage bis zur fernsten Zeitentiefe zu ergründen und zu verklären, sie haben diese ewig schöne Sage in verschiedenem Lichte gesehen und immer mehr aus ihr herausgeholt — darum sollen sie hier auch alle genannt und wohlwollend gewürdigt werden.

*

Die Erzählung vom König Laurin mit ihren alten alpenländischen Gestalten und Vermenschlichungen gehört zum innersten Wesen unserer Heimat und verschönt sie ebenso sehr, wie der stolze und formenprächtige Berg, der nachweislich schon ums Jahr 1600 „Rosengarten" hieß, ihr unvergleichliches Landschaftsbild. Treffend sagt Karl Paulin: „Das herrlichste Wahrzeichen des Dolomitenlandes hat die Natur selbst erbaut, den Rosengarten, dessen Felstürme und Wände in unvergleichlicher Formenschönheit aus dem Wäldermeer der Bozner Berge aufragen" *). Zur Landschaft gehören aber auch jene Menschen, die ehrfürchtigen Sinnes mit ihr leben, besonders wenn diese Menschen im Laufe der Jahrtausende und im Wandel der Völker und Sprachen eine so inhaltreiche Dichtung zusammengewoben haben, wie jene vom König Laurin und seinem verzauberten Rosengarten.

*

Auch wenn Südtirol gar nichts anderes hätte, als den Rosengarten und die Laurin-Sage — es wäre schon dadurch eines der herrlichsten Länder so weit die deutsche Zunge klingt. Wer immer nach Südtirol kommt und vom „Rosengarten" sprechen hört, sei es in Meran oder in Bozen, wer aus den fruchtgeschwellten Fluren von Gratsch, Algund und Lana hinauffährt zum Vilgenjoch, um dort im

---

*) Karl Paulin: „Unsere schönsten Volkssagen". Innsbruck 1937, S. 5.

Abendsonnenschein die Dolomitenschau zu erleben, wer von der Bozner Wassermauer oder von den Prazöller Weingeländen (bei St. Magdalena und St. Justina), von Guntschnà, von den Jenesier und Rittner Höhen oder gar von Tiers und St. Cyprian des „Rosengartens“ bleiche Zinnen unmittelbar über sich erblickt, der mag wohl alter Zeiten gedenken und nach dem König Laurin fragen, dem Herrn der Zwerge und der Rosen, der dort oben in Glanz und Macht gewohnt. Wenn aber der Beschauer dann jenes wundersame Gebirge auch noch im Alpenglühen gesehen hat, so wird ihm die Sage zur Wirklichkeit werden und er wird fühlen, daß ihre Rosen nicht erstorben sind.

•

Je mehr man sich mit der Laurin-Sage beschäftigt, um so mehr gewinnt sie an Reichtum, und sie erscheint so ehrwürdig, daß man sie als die Krone aller Alpensagen bezeichnen muß. Deshalb habe ich ihr auch lange Studien und eine monographische Darstellung gewidmet.

Bozen, im Sommer 1947

Karl Felix Wolff

DIE ROSE DES GEDENKENS

„Hie hebet sich ane der rosen garte"
(Aus der Pommersfelder Handschrift)

Es war einmal eine Königin, die hatte alles verloren. Das Reich war von Feinden verheert und ihr Gatte im Kampfe getötet worden. Darum flüchtete sie mit ihrem Söhnchen auf einen hohen, steilen, zackigen Berg, wo sie unbehelligt blieb, weil niemand sie dort vermutete. Nur ein Knappe, der gesehen hatte, in welcher Richtung sie fortgegangen war, forschte sie aus und wollte bei ihr bleiben, um ihr zu dienen. Die Königin beauftragte ihn, ihr von der Walstatt, auf der ihr Gatte gefallen war, eine Blume zu bringen, damit sie ein Andenken besäße. Der Knappe versprach es, und nach drei Tagen kam er wieder. Er brachte aber nicht eine Blume, sondern das Schwert des Königs. Bald darauf entließ ihn die Königin, denn sie war zu arm, um auch nur einem einzigen Knappen Unterhalt gewähren zu können.

Die Jahre gingen dahin, und aus dem Söhnchen der Königin wurde ein Jüngling. Eines Tages zog er das Schwert seines Vaters aus der Scheide, schwang es hin und her und sagte, er wolle auf Abenteuer ausgehen. Die Mutter versuchte zunächst, ihn zurückzuhalten. Als sie einsah, daß alles vergeblich sein würde, riet sie ihm, er solle sich eine Braut suchen gehen, aber eine solche, die einen großen Schatz besitze. Und als der Sohn nun Abschied nahm, ermahnte sie ihn noch, das Schwert nicht zu ziehen, wenn er nicht angegriffen würde.

*

Längere Zeit wanderte der Prinz kreuz und quer durch die Welt; aber nirgends wollte es ihm recht gefallen und nirgends fand er die Braut, die er suchen sollte. Eines Tages hörte er von den Weißen und Schwarzen Bergen sprechen; dort stehe inmitten eines Rosenhaines ein Turm, den man den „Turm des Gedenkens" nenne. Niemand wüßte zu sagen, was dieser Turm für eine Bedeutung habe, und so beschloß der Prinz, den Turm aufzusuchen. Es war jedoch nicht leicht, ihn zu finden. Endlich erfragte der Prinz die Gegend, in der die Weißen und Schwarzen Berge lagen *). Da ging er lange hin und her, um den Turm zu finden.

---

*) Es kann nur das Gebiet von Allòk, Montjóin und Bufáure in den Fassaner Dolomiten sein; dort gibt es in wirrem Durcheinander weiße und schwarze Felsen.

Eines Abends, als die Sonne sich schon zur Rüste neigte, kam der Prinz an einem Weiler vorbei, der Widòr hieß; dann gelangte er in einen waldigen Talgrund. Da sah er einen schwarzen Wurm liegen; der hatte ein so unangenehmes Aussehen, daß ihn der Prinz nicht einmal mit dem Fuße berühren mochte. Also zog er sein Schwert, um den Wurm in Stücke zu hauen. Doch da fielen ihm die Worte der Mutter ein und er dachte: „Eigentlich tut dieser Wurm niemandem etwas zuleide, — laß ihn leben!"

Dann schritt der Prinz weiter bergauf und erreichte ein Gewände mit Büschen. Zwischen diesen, nicht weit vom Wege, sah er ein Mädchen stehen, das Blumen zu pflücken schien. Sie trug einen golddurchwirkten Gürtel und auf dem Haupte einen herabwallenden dunklen Schleier. Als der Prinz vorbeiging, grüßte er. Sie schaute weg, so daß er ihr nicht ins Gesicht sehen konnte, erwiderte aber den Gruß. Da blieb der Prinz stehen und fragte sie nach dem Weg zu dem Turme des Gedenkens. Ohne umzusehen fragte sie ihrerseits, ob er den schwarzen Wurm gesehen habe. Als er dies bejahte, wollte sie wissen, ob der Wurm noch lebe.

„Ich habe ihn leben lassen, weil er mir harmlos schien", entgegnete der Prinz.

„Wohlan", sprach sie, „so will ich dir den Weg zu dem Turme zeigen."

*

Sie zog sich ihren dunklen Schleier über das Gesicht und ging voran. Der Prinz folgte ihr. Sie kamen in eine Schlucht zwischen moosgrünen Felsen und da lag eine Schlange, die den Kopf hob.

„Sieh dich vor!" sagte das Mädchen.

Der Prinz betrachtete die Schlange und weil er eine ähnliche nie gesehen hatte, so wollte er wissen, ob sie gefährlich sei.

„Das kommt darauf an", erwiderte das Mädchen; „mir tut sie nichts, aber dir könnte sie schon schaden."

„Wenn sie d i r nichts tut", versetzte der Prinz, „dann will ich sie in Ruhe lassen."

„Das ist schön von dir", sagte das Mädchen. Sie machte einen Bogen um die Schlange und da hatte diese plötzlich eine kleine goldene Krone auf dem Kopfe.

„Schau!" rief der Prinz, — „was ist das für eine seltsame Schlange?"

Das Mädchen lachte. Darob verwunderte sich der Prinz und fragte: „Kennst du sie vielleicht?"

„Gewiß!" antwortete das Mädchen, „es ist meine Schwester; sie will es nicht haben, daß jemand den Turm des Gedenkens besuche, deshalb macht sie solche Sachen."

Der Prinz blieb nun stehen und besah die Schlange mit Staunen. Aber das Mädchen winkte ihm, wobei sie sprach: „Komm, gleich werden wir den Turm sehen!"

*

Sie eilte voraus und der Prinz folgte ihr. Dabei erkannte er, daß sie nicht mehr den Schleier vor dem Gesicht hatte. Während sie so gingen und der Prinz immer auf seine Führerin schaute, bemerkte er nicht, daß im Osten etwas Merkwürdiges auftauchte. Das Mädchen aber blieb plötzlich stehen und zeigte mit ausgestreckter Hand dorthin. Sie waren am Ziele: auf einem Hügelrücken, von der sinkenden Sonne bestrahlt, stand der große Turm des Gedenkens. Man konnte nicht erkennen, wie und woraus er gebaut war; bald schien er durchsichtig zu sein, bald nur luftig aus Flechtwerk errichtet, bald aus glänzenden Steinen erbaut. Rings um den Turm weitete sich ein wundervoller Rosenhain; die Rosen wuchsen auch an dem Turm hinauf bis zu seiner Spitze. In der Nähe sah man, daß der Turm eigentlich nur aus Rosenranken bestand, die sich zu Hunderten verflochten hatten. Im Erdgeschoß des Turmes befand sich eine Quelle. Ihr Wasser floß durch ein kostbares Gefäß, das eine einzelne Rose enthielt — die schönste Rose von allen.

*

Als die beiden vor der Quelle standen, begann das Mädchen die Geschichte des Turmes zu erzählen. „Es gab eine Zeit", so sprach sie, „da lebten die Menschen in Einfachheit und ohne Neid und Zwietracht. Man kannte keinen Totschlag und keinen Krieg; alles konnte in Güte geschlichtet werden. Allmählich aber wurden die Leute sehr reich und nun fingen sie zu hadern an. Es ereigneten sich wiederholt Kriege und fast alle Männer wurden getötet. Endlich sammelte eine Königin die überlebenden Frauen und Kinder und führte sie ins Gebirge. Sie wählte sich ihren Sitz auf dem Berge, der jetzt noch ‚Sass de Dama' heißt (Fels der Herrin). Viele Jahre war da Friede und rundum blühten die Rosen. Doch als die Königin gestorben war, brach wiederum Zwist und Krieg aus. Endlich gelang es den Müttern, einen Frieden zustande zu bringen, der durch ein Gelöbnis der Frauen für immer gefestigt werden sollte. Die Frauen versammelten sich dazu auf diesem Bergrücken, der ‚Roseàl' heißt, und jede brachte eine Rosenranke mit *). Man flocht sie in Ranken zusammen und so entstand der große Turm, den man ‚Turm des Gedenkens' nannte, weil er eine ständige Mahnung sein sollte, sich des Friedens zu erinnern und keinen Hader mehr aufkommen zu lassen." —

---

*) Die Höhe Roseàl befindet sich in den Fassaner Dolomiten, dem Rosengarten gegenüber, unweit des Contrintales.

„Was seid ihr für glückliche Menschen", sagte der Prinz, „bei euch herrscht also ewiger Friede."

„Ach, die schönen Zeiten sind längst vorbei", versetzte das Mädchen, „der Friede wurde nicht gehalten; es kam neuerlich zu Streit und Kampf; selbst die Frauen tun mit und meine Schwester ist eine der schlimmsten; sie hätte auch dich gerne in den Zwist verwickelt, aber es gelang ihr nicht, weil du das Schwert nicht zogst."

„Seltsam", bemerkte der Prinz, „da habt Ihr einen so schönen Turm des Gedenkens und er nützt Euch nichts."

*

„Der Turm besteht schon lange nicht mehr", entgegnete das Mädchen. Und als der Prinz sie verwundert und fragend anschaute, fuhr sie fort: „Ich sage, daß der Turm nicht mehr besteht und leider ist es so; er bildet bloß noch eine Erinnerung, eine Mahnung, einen Hauch; man sieht ihn nur, wenn der Tag zur Neige geht, und von all seinen Rosen ist einzig diese noch lebendig; diese aber gehört mir, denn ich habe immer zum Frieden geraten; darum bleibt mir das Gedenken, auch wenn der Turm verschwunden sein wird; — das Gedenken an die Zeit, wo es keinen Haß und keinen Totschlag gab, ist das Letzte, was ich besitze, ist mein Schatz und Hort!"

Während sie so redete, nahm sie die Rose aus dem Gefäß und heftete sich sie an die Brust. Dann sagte sie: „Jetzt gehe ich fort von hier, denn die Sonne sinkt und der Turm verweht." —

Sie war so schön, daß der Prinz unverwandt auf sie schauen mußte. Dabei bemerkte er nicht, daß der Turm in nichts zerfiel. Es war ein wunderbarer Abend und die mächtigen Gipfel, die gen Morgen standen, erglänzten in den letzten Strahlen der Sonne. Doch das Mädchen sprach kein Wort mehr und wandte sich zum Gehen. Da eilte ihr der Prinz nach, hielt sie zurück und warb um ihre Hand.

*

So wurde das fremde Mädchen seine Braut und er führte sie zu seiner Mutter, der Königin, die einsam auf dem hohen, steilen Berg wohnte. Während sie dahin gingen, redeten sie über das, was sie besaßen. Da zeigte sich's, daß ihm nichts gehörte, als das Schwert seines Vaters; sie aber besaß einen goldglänzenden Gürtel und die Rose des Gedenkens. Beide waren ganz arm; doch sie sorgten sich nicht darob.

Als sie an den Fuß des Mutterberges gelangt waren, standen da zwei Zwerge, die das Brautpaar beglückwünschten und um eine kleine Gabe baten. Sofort nahm die Braut ihren prächtigen Gürtel ab und schenkte ihn den Zwergen. Diese trennten ihn auf und gewannen einen langen, goldglänzenden Faden, mit dem sie den ganzen Berg umspannten.

•

Das Brautpaar ging weiter und traf einen dritten Zwerg. Dieser war ein Gärtner und sagte, er hätte für die Braut gerne einen Blumenstrauß vorbereitet, aber auf den Felsen da oben wolle nichts Rechtes wachsen — im Gegenteil, der große Berg werde immer kahler und öder. Da nahm sich die Braut ihre Rose von der Brust, gab sie dem Gärtner und meinte, er solle sie auf dem höchsten Gipfel einpflanzen, damit sie Wurzel schlage und zu einem Strauch werde. Als der Gärtner die herrliche Rose sah, lachte er über das ganze Gesicht und sagte: „Wenn ich diese Rose einpflanze, so wird in einigen Jahren der ganze Berg auf und auf mit Rosen bedeckt sein."

Das Brautpaar aber ging weiter und wurde unterhalb des Gipfels von der Königin empfangen. Der Prinz stellte seiner Mutter die Braut vor und sagte, diese habe einen golddurchwirkten Gürtel und eine Rose von unvergleichlicher Schönheit besessen, aber beide verschenkt.

„Und was besitzt sie jetzt?" fragte die Königin.

Diese Frage brachte wohl den Prinzen in Verlegenheit, nicht aber die Braut. Sie schaute die Königin freundlich lächelnd an und erwiderte ganz unbefangen. „Jetzt besitze ich noch das Gedenken."

•

Als aber die Königin wissen wollte, was das für ein Gedenken sei, da fuhr die Braut fort: „Es ist das Gedenken an jene längstverschollene Zeit, wo es keinen Haß und keinen Totschlag gab und wo alles schöner und besser war."

„Du bist die richtige", sagte die Königin, und sie umarmte das Mädchen. —

Dann wurde Hochzeit gehalten.

•

Der Prinz und seine Gattin lebten anfangs in großer Armut. Aber nach und nach ging es ihnen besser. Die Zwerge, die im Felsgeklüfte des Berges wohnten, waren ihnen gut gesinnt und so erwählten sie endlich den Prinzen zu ihrem König. Inzwischen hatte sich der Berg mit Rosen bedeckt und es war ein Rosenreich entstanden. Lange Zeit blieb dies Rosenreich ein Land des Friedens; die Zwerge arbeiteten ungestört mit nimmermüdem Fleiße, und die Nachkommen jenes

Prinzen folgten einander in der Königswürde. Endlich aber wurden im Schoße des Berges Goldlager entdeckt, und nun gelangten die Zwerge und ihre Könige zu großem Reichtum. Dies erregte den Neid der Nachbarn.

*

Eines Tages ging ein unheimlicher Mensch vorbei; der hatte einen bösen Blick (la bürta odlàda) und blutbefleckte Stiefel. Als der hörte, daß es im Rosenreich seit Jahrhunderten keinen Krieg mehr gegeben hatte, da schüttelte er unwillig den Kopf und sagte: „Überall ist Krieg; warum soll hier Frieden sein? (Dlung él vèra; purtshí él pa pésh kilò) *).

Bald darauf brach ein Krieg aus, dem weitere folgten. Die Zwerge und ihre Könige hatten hart zu ringen, aber sie behaupteten sich, verbesserten immer mehr ihre Waffen, bedienten sich dabei auch des Zaubers und wurden kriegskundig und kampfgewohnt. Über die Rose des Gedenkens und über den Friedensgedanken sprach man nicht mehr, denn das Rosenreich starrte nun von Speeren und Spießen, von Schildern und Schwertern.

*

Aber die Erinnerung an die alte Zeit, wo alles schöner und besser war, ging doch nie ganz verloren, — etwas von dem Geiste der Rose des Gedenkens war in dem Rosenreich verblieben!

---

*) So gehört von einem ladinischen Gadertaler.

DIE SEEFRAU

Ser hon upp koma odhru sinni
iordh or aegi, idhiagroena . . .

Wieder auf kommt zum anderen Male
die Erde aus dem Meere, neu ergrünend . . .

(Aus dem altnordischen „Völsupà")

Biturulf hieß ein Jarl *), der besaß ein Schloß am Nordmeer. Des Schlosses Name war Thummathorp. Es erhob sich in der Landschaft Skane an einem klippigen Strande, so dicht über dem Wasser, daß die Wogen oft mit Gebrause an den Mauern emporschlugen. Hoch oben über der Seeseite hatte des Jarls Gemahlin ihre Kemenate; da wohnte sie mit ihrem Söhnchen, der erst einen Monat alt war.

Und es geschah, daß der Jarl mit seiner Mannschaft auf See ging. Die Fahrt war stürmisch und als die Wellen am ärgsten tobten, erblickte man einen großen Fisch, der halb aus dem Wasser herauskam und so unheimlich aussah, daß sich die Schiffer fürchteten. Sie wollten sogar ihre Arbeit einstellen und sich unter Deck verkriechen. Der Jarl aber sprach ihnen mit lauter Stimme Mut zu. Als nun der riesige Fisch immer näher kam und der Steuermann so erschrak, daß er das Rad losließ, da faßte der Jarl das Rad und steuerte selbst sein Schiff. Der unheimliche Fisch aber folgte eine Zeitlang im Kielwasser, schaute den Jarl mit großen gläsernen Augen an und verschwand dann plötzlich in den Fluten, die ganz dunkel geworden waren. Das Schiff hatte inzwischen Schaden gelitten und schließlich strandete es am flachen Ufer einer waldigen Insel, die niemand kannte.

*

Am andern Tage war das Wetter mild und sonnig. Während nun seine Leute das Schiff ausbesserten, gedachte der Jarl die Insel zu besichtigen, die ganz unbewohnt zu sein schien. Er drang in den Wald ein und wanderte einige Stunden herum. Dabei sah er wohl allerlei Wild, besonders Hasen und Schwimmvögel, aber keine Menschen. Endlich kam er an eine schmale Meeresbucht, die sich tief ins Land hineinzog. Dort, wo diese Bucht in einem Felsenwinkel endigte, stand unter hohen, dunklen Fichten ein wohlgefügtes Haus.

*) J a r l ist die nordische Bezeichnung für einen hohen Adeligen.

Und siehe — die Türe öffnete sich und heraus trat eine schöne Frau, die den Jarl freundlich einlud, ihr Gast zu sein. Er folgte der Einladung und gewahrte bald mit Staunen, daß die schöne Hausherrin ganz allein da wohnte. Als sie beim Mahle saßen, sprach sie zu ihm: „Du hältst mich wohl für ein Menschenweib, aber das bin ich nicht; ich bin eine Seefrau, und habe meist nur am Lande menschliche Gestalt; wenn ich jedoch ins Wasser gehe, kann ich verschiedene Formen annehmen; entweder ich erscheine als Meerwunder oder als Walfisch oder als irgendein Ungeheuer. — Und nun erzähle auch du mir, von wannen du kommst und wer du bist."

Sogleich berichtete der Jarl von seiner Herkunft und von seinem Schlosse; aber daß er daheim Weib und Kind hatte, das erwähnte er nicht. Und als die Gastherrin ihn aufforderte, einige Tage bei ihr zu bleiben, dachte er nach, wie lange seine Leute wohl brauchen würden, um das Schiff seeklar zu machen; dann sagte er zu. Die schöne Frau aber lächelte und teilte ihm mit, daß sie ihn schon länger kenne; es sei nicht das erstemal, daß sie ihn sähe; vielmehr habe sie ihn schon öfter beobachtet, wenn er auf See ging, und besonders bei der letzten Fahrt sei sie der große Fisch gewesen, der das Schiff eine Zeitlang im Kielwasser begleitet habe.

*

So blieb der Jarl einige Tage als Gast bei der Seefrau. Aber in einer mondhellen Nacht lag er schlaflos. Das Wetter war sehr schön und es überkam ihn die Sorge, seine Leute könnten bei Morgengrauen in See stechen. Darum stand er auf und verließ das Haus, ohne sich von dessen Herrin zu verabschieden. Er kam ans Ufer, fand das Schiff bereit zur Fahrt und am frühen Morgen ging er in See.

Als das Schiff schon weit draußen war, blieb es mit einem Ruck stehen. Erst meinten die Leute, sie hätten eine Sandbank angefahren, doch bald mußten sie erkennen, daß ihr Schiff ganz frei im Wasser lag. Und nun bemerkten sie auch neben dem Steuerruder ein Weib, das aus den Fluten emporgekommen war und das Schiff festhielt. Der Jarl wurde herbeigeholt und als er vom Heck ins Wasser schaute, erkannte er die Seefrau.

Sie winkte mit der Hand herauf und fragte: „Warum bist du fortgegangen, ohne Abschied zu nehmen?"

Der Jarl wollte sich entschuldigen, darum sagte er ausweichend: „Es war so schön in deinem Hause, daß ich fürchtete, überhaupt nicht mehr fortgehen zu können, wenn ich es nicht unvermutet und bei Nacht tun würde; auch dachte ich, meine Leute könnten absegeln, und dann wäre ich dir lästig geworden."

„Ich danke dir für deine Höflichkeit", versetzte die Seefrau, „und wenn mir das Wetter wieder einmal gefällt, werde ich dir deinen Besuch erwidern; — aber, merke dir: mir entspricht das Wetter dann am besten, wenn der schwerste Sturm braust und wenn die See hoch geht; bei solchem Wetter komme ich einmal, das verspreche ich dir, ja noch mehr — ich schwöre es dir!"

Nachdem sie das gesagt hatte, verschwand sie in den Wellen. Das Schiff aber wurde wieder frei und segelte weiter. Der Jarl stand am Heck und blickte schweigend vor sich hin. Da hörte er, wie einer von den Schiffsmännern, ein alter Seebär, etwas in den Bart murmelte. Der Jarl fragte ihn, was er gesagt habe.

*

„Herr", versetzte der Alte, „es kommt nie etwas Gutes dabei heraus, wenn Frauen schwören." —

Inzwischen war eine steife Brise aufgekommen, die sich allmählich zum Sturme steigerte. Tiefhängende Wolken verdunkelten den Himmel und das Meer wurde schwarz. Die Segel mußten immer weiter gemindert werden und doch schoß das Schiff wie ein Pfeil durch die Wellen. Alle Mann hatten schwer zu tun um den Dienst zu besorgen und alle waren froh, als gegen Abend die heimische Küste in Sicht kam. Noch gab es ein hartes Stück Arbeit, um zwischen den Klippen einzulaufen und das Schiff zu bergen. Schon war es Nacht geworden, als der Jarl in sein Schloß hinaufging. Draußen aber legte sich allmählich der Sturm und es verebbte die See.

Etliche Wochen waren vergangen. Der Jarl machte neuerdings eine Fahrt mit seinem Schiff und da konnte er beobachten, daß seine Leute ängstlich geworden waren; jedesmal, wenn das Schiff stärker stampfte oder schlingerte, schauten sie aufgeregt ins Wasser, weil sie meinten, die Seefrau sei wieder da. Es zeigte sich aber gar nichts Auffälliges und die Fahrt ging glatt vonstatten.

*

Auch bei den folgenden Fahrten war weit und breit von der Seefrau nichts zu bemerken. Erst nach längerer Zeit, als das Schiff sich wieder einmal auf der Heimreise befand, glaubte einer von den Leuten in weiter Ferne das Meerwunder zu sehen: die anderen jedoch meinten, es sei nur ein Nebelstreifen. Trotz hohen Seegangs erreichte man glücklich den Hafen neben dem Schlosse. Der Jarl ging zu seiner Gemahlin in die Kemenate hinauf und sie begaben sich beide auf den kleinen Söller, der an der westseitigen Schloßmauer hoch über dem Meere hing und einen weiten Blick in die Ferne bot. Da erkannte der Jarl, daß eine unruhige Nacht zu gewärtigen war, denn der Sturm hatte sich verstärkt und auch die Brandung war emporgeschwollen. Der Jarl befahl seinen Leuten, die eisernen Fensterläden zu schließen, denn er hielt es für möglich, daß die Brandung während der Nacht bis zu den unteren Wohnungen hinaufschlagen könnte. Nur für die Kemenate seiner Gattin glaubte er an keine Gefahr, denn seit Menschengedenken war es nie vorgekommen, daß die Brandung eine solche Höhe erreicht hätte.

Als es dunkel geworden war, nahm die Wut des Meeres zu. Zwar hatte man in dem Uferschlosse solche Nächte schon oft erlebt, aber diesmal war es besonders arg. Ganze Sturzseen donnerten gegen die Gemäuer und die eisernen Läden tönten, als ob mit Schmiedehämmern darauf geschlagen würde.

*

Die Schloßherrin in ihrer Kemenate war nicht zur Ruhe gegangen. Sie saß bei der Wiege ihres Kindes und horchte mit Besorgnis auf das wachsende Toben der Brandung. Da barst auf einmal einer der Fensterläden, ein mächtiger Wasserschwall brauste herein und das Licht erlosch. Als es der Schloßfrau gelungen war, wieder Licht zu machen, bemerkte sie mit Entsetzen, daß der Anprall des Wassers die Wiege umgestürzt hatte. Sie richtete die Wiege auf, schaute nach dem Kinde und fand es unversehrt, doch siehe da, — es war ein anderes Kind! Während die Frau nun auf dem überschwemmten Fußboden herumsuchte, um sich zu vergewissern, daß ihr Kind nicht irgendwo läge, hörte sie plötzlich ein furchtbares Getöse, als ob der Hauptturm des Schlosses zusammengebrochen wäre. Da ging die Türe auf und der Jarl erschien mit zwei Dienern, die Laternen trugen. „Komm schnell", sagte er zu seiner Gattin, „und nimm das Kind mit; die Brandung hat den Söller heruntergerissen; — der ganze Westflügel des Schlosses ist in Gefahr!"

Sie eilten durch den Gang zur Wendeltreppe; doch da kam schon ein Wasserfall herunter. Erst bei der Haupttreppe und im Ostflügel konnte man sich wieder sicher fühlen. Aber das ganze Schloß war arg mitgenommen worden. Die Diener stellten fest, daß der Wogenschwall verschiedene Gegenstände aus dem Schlosse herausgerissen und ins Meer geschwemmt hatte, darunter einen schönen Schild, der dem Jarl wertvoll gewesen war.

Die Schloßfrau begab sich mit dem Kinde in ein anderes Gemach, wollte aber niemanden bei sich dulden. Sie verriegelte die Tür und betrachtete immer wieder das fremde Kind, ohne zu wissen, wie sie sich dazu stellen sollte. Das Kind war schön, es sah sogar dem ihrigen ähnlich, aber es war — ein Mädchen. Und die Schloßfrau hatte sich doch darüber gefreut, ein Söhnchen zu besitzen. Nun war es dahin; die Brandung hatte es ihr geraubt. Wahrscheinlich war irgendwo auf einer Insel ein Haus weggeschwemmt und dieses Kind von den Wogen fortgetragen worden, genau wie das ihrige. So dachte die Schloßfrau.

Endlich schien es ihr das beste, kein Wort zu sagen, das Kind zu behalten und so zu tun, als ob gar nichts geschehen wäre.

In diesem Sinne handelte sie; aber sie konnte sich später nicht enthalten, überall nachforschen zu lassen, ob das Unwetter großen Schaden angerichtet habe, ob irgendwo Kinder angeschwemmt worden seien oder ob man Kinder vermisse. Soviel sie aber herumfragen ließ, niemals kam eine Nachricht, wie die Schloßfrau gewünscht hätte. Und so mußte sie sich wohl oder übel damit abfinden, das fremde Kind zu behalten und es als Knaben aufzuziehen. Dies machte keine Schwierigkeiten, weil das Kind ungewöhnlich gut entwickelt und sehr kräftig war. Der Jarl hatte nichts bemerkt, und als das Kind anfing, herumzulaufen und zu sprechen, da freute er sich über des Kindes Lebendigkeit.

Sieben Jahre vergingen. —

An einem schönen Sommernachmittag war die Schloßherrschaft mit Begleitung in Ruderbooten ausgefahren, um einen Nachbarort zu besuchen. Bei der Heimkehr schlug die Witterung um und das Meer wurde unruhig. Der Kahn, in dem sich die Schloßfrau befand, flüchtete schließlich in eine Bucht und blieb da liegen. Die Ruderknechte behaupteten wieder einmal, sie hätten das Meerwunder gesehen und da müsse man gleich ans Land, sonst sei man verloren. Und sie fingen an, Langes und Breites darüber zu reden. Die Schloßfrau hörte anfangs kaum zu, aber weil man stundenlang auf dem Ufersande warten mußte, so fragte sie schließlich, was denn das sei, dieses Meerwunder.

„Das weiß eigentlich niemand“, sagte ein weißbärtiger Schiffsmann; „manche meinen, es sei nur ein großer Fisch. Andere halten das Meerwunder für ein Gespenst, wieder andere glauben, es sei die Seefrau.“

„Seefrau gibt es ja keine“, versetzte der zweite Ruderknecht.

Doch da widersprachen ihm die übrigen. Und nun begann der eine und der andere zu berichten, was er von der Seefrau gehört hatte. Der Bärtige ließ zuerst alle reden; dann aber sagte er:

„Es sind bald zwei Menschenalter, daß ich das Meer befahre, denn ich habe als kleiner Junge angefangen; ich weiß, daß es eine Seefrau gibt, und daß sie sich gerne auf unbewohnten Inseln aufhält; auf dem Lande ist es eine schöne Frau und sie lebt ganz allein; wenn sie aber ins Wasser geht, wird sie manchmal ein Ungeheuer, manchmal aber auch nicht, wie es ihr gerade paßt. Nie habe ich die Seefrau so genau gesehen wie vor sieben oder acht Jahren, als wir einmal mit dem Herrn eine Fahrt nach Osten gemacht hatten. Da kamen wir zu einer öden Insel. Der Herr ging allein in den Wald, wohl um da zu jagen. Er blieb aber mehrere Tage aus und ich fürchtete gleich, die Seefrau könnte ihn behalten haben. Jedoch in einer Mondnacht kam er plötzlich zurück, war sehr aufgeregt und wollte das Schiff gleich absegeln lassen. Wir fuhren aber dann erst am Morgen. Als wir mitten im Meere waren, was glaubt Ihr? — da steht das Schiff auf einmal still. Wir schauen über Bord und sehen im Wasser ein Weib, das hielt mit der Hand das Schiff fest. Es war die Seefrau!"

„Hast du sie wirklich gesehen?" fragte die Schloßherrin.

„Nicht nur gesehen", versetzte der Alte, „sondern auch reden gehört. Denn der Herr kam zum Heck und sprach mit ihr. Sie machte ihm Vorwürfe, weil er sie ohne Abschied verlassen hatte, und sie schwor, daß sie ihm den Besuch erwidern würde."

„Haben das auch andere von Euch gehört?" fragte wiederum die Schloßfrau.

„Gewiß!" entgegnete der Alte; „aber die Leute, die damals dabei waren, sind nicht mehr hier; sie sind zum König Jsung nach Bertangenlang gegangen."

Er dachte eine Zeitlang nach, dann fuhr er fort: „Ich war damals dort auf der Insel recht besorgt um den Herrn und bin, um ihn zu suchen, mehrmals weit in die Waldung hineingegangen, aber ich konnte ihn nicht finden."

„Das war schön von dir!" sagte die Schloßfrau.

„Das tut man ja gern!" versetzte der Mann; „ja, ich war sehr in Sorge, und noch lange, wegen der Drohung mit dem Gegenbesuch; aber zum Glück ist alles gut abgelaufen."

„Treuer Mensch!" bemerkte die Schloßfrau und schaute nachdenklich auf das Meer hinaus. Dann erhob sie sich und sagte: „Der Wind hat sich gelegt, ich glaube, wir können jetzt heimfahren."

*

Sie stiegen ein und ruderten hinaus. Bald sahen sie auch die anderen Boote, die immer näher kamen. Eine Kinderstimme wurde laut und begann zu rufen: „Mutter, Mutter!" Es war der kleine Thetleif, der bei dem Jarl im Boote stand. „Kommt doch zu uns", sagte er, „dann springe ich zur Mutter hinüber!" Der Jarl stellte den Jungen auf den Bootsrand und winkte den Ruderern, sie sollten die zwei Boote dicht nebeneinander legen. Aber die Schloßfrau lehnte ab. „Nein, Thetleif", sagte sie, „du hast mit dem Vater fahren wollen, nun bleibe auch beim Vater!"

Die beiden Boote gingen wieder auseinander und spät abends kam man nach Hause.

DER SELTSAME SOHN

„Hier hebt es an von Biturulf
und seinem Sohne Thetleif."

(Aus der norwegischen „Wilkina-Saga")

Am Windauge *) saß die Schloßherrin und blickte schweigend hinaus auf die endlose See. Da kam der Jarl in die Halle und fing an, von dem Sohne zu reden:

„Der Thetleif enttäuscht mich immer mehr; ich weiß mir oft keinen Rat mit dem Jungen. Zwar hat er eine gute Begabung, alles erfaßt er gleich, alles begreift er; aber er hat zu nichts Richtigem Lust. Wenn er mit mir ausreiten soll, drückt er sich meistens, und wenn man ihn zum Fechten ruft, hat er immer etwas anderes zu tun. Dabei ist er sehr geschickt; z. B. wirft er den Speer mit unglaublicher Genauigkeit. Aber es fehlt ihm am Willen; neulich konnte ich beobachten, daß er auf der Jagd mit Absicht seinen Speer danebenwarf und ein Reh laufen ließ, anstatt es zur Strecke zu bringen. Während alle anderen Jagdteilnehmer irgendein Wild erlegten, war Thetleif der einzige, der ohne Beute blieb. Aber er machte sich gar nichts daraus, aß ein Stück Brot und lachte, während die anderen ihn verhöhnten. Ein andermal, als wir einen Luchs anpirschten, fand ich unseren Thetleif ganz unbekümmert hinter einer Hecke, wo es Erdbeeren gab; der Luchs war ihm gleichgültig. Mit einem großen Strauß Erdbeeren ging er weg und sagte, die habe er einigen Kindern versprochen. Weißt du, was das für Kinder waren? — Von der armen Torwärterswitwe, die wir aus Mitleid im Stallgebäude noch wohnen lassen. Der bedient arme Kinder. Dabei ist er bald achtzehn Jahre alt. Wie soll denn der ein Edelmann werden!?"

„Daß ihm die Jagd widerwärtig ist, weiß ich schon lange", bemerkte die Schloßfrau; „am liebsten weilt er im Garten und bindet Rosen auf; der Garten war noch nie so schön gepflegt."

„Dafür haben wir doch andere Leute", sagte der Jarl, „mein Sohn ist nicht zum Rosenbinden da."

Die Schloßfrau lachte geringschätzig und fügte hinzu: Rosenbinden, das läßt sich noch gut hören; aber neulich hat mir unsere Wirtschafterin erzählt, daß niemand im ganzen Schlosse so gut kochen

*) Windauge ist eine nordische Bezeichnung für Fenster.

und nähen kann, wie der Thetleif... Da darfst du doch stolz sein auf deinen Sohn?"

„Eine Schande!" rief der Jarl.

„Erzieh' dir ihn besser", entgegnete die Frau.

„Ich tu' was ich kann", bemerkte er, „aber es ist eine ganz eigene Sache mit dem Thetleif: er hat eine so merkwürdige Art zu lächeln, daß man gar nicht gegen ihn aufkommt; das sagte mir auch sein Fechtmeister."

„Oh, ihr Männer, ihr armseligen!" versetzte die Schloßfrau in wegwerfendem Tone.

Der Jarl überhörte das und fuhr fort: „Noch etwas ist mir aufgefallen; die Mädchen kümmern sich gar nicht um ihn, obwohl man doch sagen muß, daß er ein hübscher Junge sei."

Wieder lachte die Schloßfrau und bemerkte kurz: „Den wird auch n i e eine anschauen!"

„Warum denn nicht?"

„Weil er ein Wechselbalg ist."

„Mein Sohn ein Wechselbalg?" wiederholte der Jarl in tiefstem Erstaunen.

„Dein Sohn, dein Sohn", höhnte die Schloßfrau, „sag' lieber deine Tochter!"

„Was soll das heißen?"

*

Die Schloßfrau dachte nach; dann sprach sie: „Weil wir schon soweit sind, will ich dir etwas erzählen. Wie du dich erinnern dürftest, gab es einmal eine fürchterliche Sturmflut — es sind jetzt siebzehn Jahre her; da schlug die Brandung bis in meine Kemenate und warf die Wiege um, in der unser Söhnchen lag; ich nahm das Kind heraus und bemerkte gleich, daß es vertauscht worden war; wie das geschehen konnte, war mir ein Rätsel; in meinem Kummer nahm ich das fremde Kind und zog es auf. Es ist aber ein Wechselbalg; und noch mehr: es ist ein Mädchen!"

Der Mann ging aufgeregt in der Halle hin und her. Plötzlich blieb er stehen und sagte: „Warum hast du mir das verheimlicht?"

„Weil ich dich schonen wollte; ich glaubte damals, die Sache würde dich noch mehr aufregen als mich; inzwischen sind mir freilich allerhand Lichter aufgegangen."

„Du hättest es mir d o c h nicht verheimlichen sollen", wiederholte der Mann.

Die Frau maß ihn vom Kopf bis zu den Füßen und antwortete mit der Frage: „Hast du mir nie etwas verheimlicht?"

„Nicht daß ich wüßte", entgegnete der Mann schnell und leichthin, denn er dachte nicht im entferntesten an das, was die Frau meinte. Diese aber lehnte sich in ihrem Sessel zurück und sagte nur leise: „So, so!" — Dann wandte sie sich ab und richtete ihre Blicke von neuem auf das Meer hinaus.

Der Jarl betrachtete sie verwundert. Und nach kurzem Nachdenken ging er schweigend aus der Halle.

*

Über Thummathorp wehte der Seewind und die Möwen flogen um den Hauptturm. Wieder einmal saß die Schloßherrin am Windauge und schaute, still in sich versenkt, auf das weite, wellenwälzende Meer.

Da wurde ihr berichtet, daß ein benachbarter Edelmann die Schloßherrschaft von Thummathorp zu einem Feste eingeladen hatte. Bald darauf kam der Jarl herein und fragte seine Gemahlin, ob sie zu jenem Feste gehen wolle.

„Ich werde wohl müssen", erwiderte sie.

„Vergnügen macht es auch mir nicht", bemerkte er.

„Und mir erst recht nicht", fügte sie hinzu; „aber wir können nicht gut ablehnen."

„Das habe ich mir eben gedacht", sagte er; „also lasse ich für übermorgen früh die Rosse bereitstellen; wir reiten hin."

„Soll Thetleif hier bleiben oder mitgehen?" fragte die Schloßfrau.

„Der muß natürlich mit", antwortete der Jarl; „er ist jetzt volle achtzehn Jahre alt und kann sich sehen lassen."

„Und wird uns lächerlich machen", ergänzte die Frau; „es ist ja ein Turnei vorgesehen; wie wird sich denn der Thetleif dabei aufführen? Der ist imstande, in den Garten zu laufen und Brombeeren zu pflücken, während die anderen zum Turnei antreten."

Der Jarl wurde unsicher. Dann meinte er, man könne den Thetleif zurücklassen, ihn aber damit entschuldigen, daß er noch keine zwanzig Jahre alt sei und infolgedessen noch nicht in die Gesellschaft der Erwachsenen gehöre.

„So wird es am besten sein", bemerkte die Schloßfrau.

Also rüstete man zur Fahrt, ohne dem Jungen etwas davon zu sagen. Aber Thetleif hatte das bemerkt und sich die Sache von selbst so ausgelegt, daß man ihn wegen seiner Jugend noch nicht zu einem solchen Feste mitnehmen wolle. Das wäre schlecht, dachte er; ich kann ebenso gut reiten und fechten, wie die anderen; warum soll ich nicht auch dabei sein! Also legte er sich sein Prunkgewand und seine besten Waffen zurecht, nahm auch einen Reitknecht mit und wartete, bis seine Eltern das Schloß verlassen hatten. Dann ritt er ihnen nach und hatte sie bald eingeholt. Beide erschraken, als sie ihn sahen; aber nun konnten sie ihn nicht mehr zurückschicken, schon um der Dienstleute willen. Sie nahmen ihn daher mit zu dem Feste und siehe da — er hielt sich sehr gut! Das Turnei bestand er ganz vortrefflich, wobei die Preisrichter bemerkten, daß er eine eigentümlich schnelle und geschmeidige Art zu fechten habe, so daß auch ein starker und erfahrener Kämpfer auf der Hut sein müsse, wenn er mit ihm die Klinge kreuze; nur, meinten sie, sollte Thetleif künftig einen größeren Schild führen, dann würde er sich noch besser behaupten können.

Als dann nach dem Mahle ein Sänger Lieder vortrug, ergriff Thetleif eine Laute und begleitete die Lieder in so geschickter Weise, daß ihm alle Anwesenden Beifall spendeten. Sein Vater strahlte vor Freude und der Gastgeber sagte beim Abschied: „Thetleif, du bist noch jung, sehr jung — aber du wirst dich machen."

*

Weil es am Nachmittag regnete, stellte man der Schloßfrau von Thummathorp für die Heimkehr einen Wagen zur Verfügung. Thetleif aber ritt mit seinem Vater; sie ließen die Reitknechte als Begleiter bei den Wagen und blieben allein. Da sprach der Vater: „Thetleif, nun sag mir, was dir heute am besten gefallen hat."

„Am besten", entgegnete Thetleif, „gefiel mir der Sänger mit seinen Liedern, und unter den Liedern jenes von der Jungfrau, die nicht schwören wollte und dann doch treu blieb, während die anderen alle untreu wurden."

„Ja", versetzte der Vater, „es ist eine alte Volksmeinung, daß Frauen nicht schwören sollen; tun sie es dennoch, so brechen sie entweder den Eid, — oder es kommt sonst etwas Ungutes."

„Soll das nun heißen, daß Frauen im allgemeinen keine Treue haben?" fragte Thetleif.

„Im Gegenteil", erwiderte der Vater, „ein Weib ist treu aus eigenem Verlangen, gleichsam mit Selbstverständlichkeit; es bedarf keines äußeren Zwanges dazu; wenn man aber einem Weibe Zwang auferlegt, so nützt er nichts."

„Genau das habe ich mir gedacht", bemerkte Thetleif, „darum gefiel mir auch jenes Lied so gut!" —

Sie ritten schweigend durch einen dunklen Wald. Dann ergriff der Vater wiederum das Wort: „Thetleif, du hast dich heute so wacker gehalten, daß ich zufrieden mit dir bin; es wird nun Zeit für dich zur ersten Ausfahrt; du mußt auf Awentüre reiten und die weite Welt kennenlernen, um dir einen König zu wählen, bei dem du Dienst nimmst. Damit du aber nicht große Enttäuschungen erlebst, will ich dir zweierlei mitteilen. Deine Fechtart hat nicht nur bei den Preisrichtern, sondern bei allen Zuschauern Verwunderung erregt, denn sie entspricht nicht den Gewohnheiten der sonstigen Recken und Berserker; sie ist zu leicht und gewissermaßen zu fein. Wenn du siegen sollst, mußt du durch deine Gewandheit siegen, denn an Kraft sind dir die anderen überlegen."

„Jetzt vielleicht noch", warf Thetleif ein, „aber in einigen Jahren wird es anders werden."

„Nein, mein Junge", sagte der Vater, „es wird n i e anders werden, denn deine spielerische, leichte Fechtart ist in deinem Wesen begründet; du brauchst vor allem einen besseren Schild und den werde ich dir verschaffen. Dann aber kommt das Zweite, das ich dir sagen wollte, und da muß ich dir ein Geheimnis enthüllen."

*

Er hielt plötzlich seinen Hengst an und Thetleif folgte diesem Beispiel. Als nun Stille herrschte, da sprach der Vater in eigentümlich gedämpfter und feierlicher Weise: „Thetleif, du bist kein Knabe, du bist ein Mädchen! — Und das geschah so: die Mutter verheimlichte es mir, weil sie glaubte, mir eine Freude damit zu machen. Nachdem sie aber angefangen hatte, dich als Knaben zu erziehen, wußten wir nicht, wie wir das wieder ändern sollten. Und so blieb es dabei bis zum heutigen Tag. Ich ermahne dich auch allen Ernstes, kein Wort darüber verlauten zu lassen und dich nun erst recht als Mann zu benehmen, bis du von Thummathorp länderweit entfernt sein wirst."

„O weh!" rief Thetleif, „da werde ich also niemals in die Awentüre reiten und keinen Siegespreis erlangen können!"

„Doch!" versetzte der Jarl, „das kannst du alles; nur mußt du nicht als Mann, du mußt als S c h i l d m a i d gehen; wenn du als Schildmaid einem König dienst, so wird er dich hoch in Würden halten, denn es gibt nicht viele Könige, die eine Schildmaid haben; — eine Schildmaid ist eine Sieg-Jungfrau, die ihrem König Ruhm und Ehre bringt."

Thetleif erholte sich schnell von seiner Niedergeschlagenheit und schien nun nicht nur erstaunt, sondern auch angenehm berührt zu sein. „Eine Schildmaid!" wiederholte er mit Nachdruck, „du hast recht, Vater; das gefällt mir sogar noch besser, als ein Berserker zu werden."

„Nun sind wir uns einig", sagte der Jarl, „und du wirst bald deine erste Ausfahrt machen; schweige gegen jedermann und bereite dich innerlich darauf vor; wenn dein Entschluß gereift sein wird, dann melde dich wieder bei mir."

Sie hatten inzwischen die Burg Thummathorp erreicht. Das Wetter war wieder schön geworden; scharf umrissen erhob sich der Hauptturm in den wolkenlosen Himmel und goldiger Abendglanz lag über der schillernden Fläche des Meeres. Der Torwächter grüßte mit der Waffe die einreitenden Herren; ein für Thetleif schicksalwendender Tag neigte sich dem Ende zu.

*

Nicht lange währte es, da kam Thetleif zu seinem Vater und teilte diesem mit, daß er nun hinausreiten wolle in die weite Welt. Der Vater lobte den Entschluß und überreichte dem Jungen einen schönen, neuen Schild; der war goldfarben und zeigte in der Mitte das Meerwunder.

„Warum gibst du mir nicht d e i n Wappen, mit der Lilie?" fragte Thetleif.

„Nein", entgegnete der Jarl, „dieses Wappen mit dem Meerwunder ist das Beste, was es für dich geben kann; es wird dein Schutz und Schirm sein. Und nun höre: Ich bringe dich mit dem Schiff nach Saxland *); dort sind breite Landstriche, große Ströme und viele Könige. Da kannst du dein Glück machen. Wenn du dann durch Saxland gegen Süden reitest, so kommst du an die Alpen, ein ungeheures Gebirge. Dahinter liegt die Stadt Berne und dort gebietet König Dietrich. Das ist der einzige Mann, mit dem du niemals fechten darfst, denn er hat ein furchtbares Schwert, ‚Eckisax' geheißen, das haut durch jede Brünne. Darum hüte dich vor einer feindlichen Begegnung mit jenem König. — Und noch etwas: Sobald du Saxland betrittst, nimmst du als Schildmaid einen Mädchennamen an, und zwar nenne dich nun S i t t l i e b !"

So sprach der Herr von Thummathorp zu seinem jungen Thetleif, als er ihn hinausgehen ließ in die Awentüre **).

---

*) Saxland war die nordische Bezeichnung für Deutschland.

**) Das mittelhochdeutsche âventiure (sprich Awentüre) ist ursprünglich ein Wort der provenzalischen Dichtung. In Deutschland wurde es allmählich zu „Abenteuer" umgestaltet.

DIE SCHILDMAID IM ROSENGARTEN

Ich will Euch nun erzählen
aus alter Heldenzeit
ein wundersam Geschichtlein
von einer hohen Maid.

(Gottlieb Putz)

Als nun Sittlieb durch Saxland geritten und in die Alpen gekommen war, da erzählte man ihr von einem Berge, auf dem ein Rosengarten blühe. Sie suchte diesen Berg und kam in eine hochgelegene Ortschaft mit weiter Sicht nach Osten. Hier zeigte man ihr eine lange Gipfelkette und sagte, das sei der Rosengarten. Es war aber am Vormittag und die ganze Gipfelkette lag im Schatten, so daß die ragenden Felszacken dunkelblau gegen den leuchtenden Himmel standen.

„Ich sehe keine Rosen", bemerkte Sittlieb.

„Geh nur hinauf", hieß es, „da wirst du sie schon sehen; so schöne Rosen, wie auf jenem Berge gibt es nirgends in der Welt; das Merkwürdigste aber ist, daß sie alle aus einer einzigen Rose hervorgegangen sein sollen, die man die Rose des Gedenkens nannte, weil sie aus der guten, alten Zeit herübergerettet worden war.

„Wie seltsam!" sagte Sittlieb; „und wem gehört der Rosengarten?"
„Er gehört einem König, namens L a u r i n, der sehr reich und mächtig ist."

Der selbe künic der heizet Laurîn,
im ist vil tugende bekant.

(Aus dem Wartburg-Krieg)

Sittlieb verwunderte sich immer mehr. „Ja, wohnen denn Menschen dort oben?" fragte sie und fügte hinzu: „Mir will scheinen, daß man dort nicht einmal stehen könne."

„Ein ganzes Volk wohnt dort oben", sagte man ihr; „es sind kleine Leute, die ihre Behausungen in den Felsen drin haben; diese kleinen Leute verstehen mehr als unsereiner; sie sind sehr klug und kunstgewandt und verfertigen die schönsten Sachen; auch besitzen sie Bergwerke, aus denen sie allerhand heraufholen; ihr König hat einen großen Hofstaat und in den Felsen drin herrliche Säle, ja ganze Kristallpaläste; man weiß jedoch nicht viel davon, weil alles abgeschlossen

Der Rosengarten bei Tiers an einem schönen Nachmittag im August
(Ölgemälde von Richard Wolff)

Laurin raubt Similde.

und schwer zugänglich ist; das aber weiß man, daß von allen Herrlichkeiten, die sich oben befinden, der Rosengarten die übrigen bei weitem übertrifft; es ist ein Prunk- und Zaubergarten, wie es nirgends mehr einen solchen gibt."

Sittlieb fühlte sich von diesen Mitteilungen geradezu begeistert. „Da muß ich hinauf", sagte sie; „den Garten will ich sehen, will in ihm herumwandeln und seine Rosen pflegen helfen."

„Auf den Berg kannst du schon hinaufgehen", entgegneten die Leute, „aber in den Garten kommst du nicht, denn seit Menschengedenken hat das niemand vermocht."

„Ist denn der Garten von Festungsmauern umgeben?" fragte Sittlieb.

„Nein, im Gegenteil", hieß es; „nur ein vergoldeter Seidenfaden bildet die Umzäunung, aber man darf ihn nicht überschreiten."

„Herrlich!" rief Sittlieb, „nur ein Seidenfaden — wie schön! Diesem König möchte ich dienen, schon um des Rosengartens willen; ich mache mich gleich auf den Weg; in den Garten muß ich hineinkommen."

„Umsonst!" sagten die Leute, „den Garten wirst du niemals betreten."

„Die Sorge laßt nur mir", entgegnete Sittlieb; „ich danke Euch für die Auskunft; aber noch etwas: wie heißt der König, dem der Rosengarten gehört?"

„Laurin!" —

„Richtig, Laurin!" wiederholte Sittlieb, „ein seltsamer Name, ein schöner Name!"

*

Sie grüßte und wandte sich dem Berge zu. Man zeigte ihr noch den Weg. Er führte hinunter in ein tiefes Tal, dann über einen wildschäumenden Fluß, dann steil hinauf und durch einen großen Wald weiter bergan. Bald wurden zwischen den Baumkronen die hohen, kahlen Spitzen des Felsgebirges sichtbar und weil jetzt die Sonne darauf schien, so sahen die Gipfel violett und rötlich aus. Von einer Waldblöße gab es plötzlich freien Blick auf die ganze, lange Zackenkette.

Sittlieb war voller Freude. „Der schönste Berg der Welt", sagte sie; „ein Höhenschloß und ein Zaubergarten; und Laurin heißt sein König.

Um dieses Königs Huld
will ich mich bewerben;
in den Rosen will ich leben
in den Rosen will ich sterben."

Als die Sonne schon tief stand und das gewaltige Felsgewände von den stärksten Lichtern angeflammt war, da begann Sittlieb zu zweifeln, ob sie auf den Berg noch weiter hinauf kommen würde. Doch nun sah sie neben der Mündung einer engen Kluft einige Zwerge stehen, die untereinander leise redeten und verwundert auf sie schauten. „Ha", rief sie, „da sind schon die ersten Zwerge! Ich begrüße Euch! — Sagt mir: wo führt der Weg in den Rosengarten?"

Die Zwerge schüttelten die Köpfe und entgegneten mit Bestimmtheit: „In den Rosengarten kommt niemand hinein."

Aber Sittlieb ließ sich nicht abschrecken. „Seid Ihr Leute des Königs Laurin?" fragte sie.

„Gewiß!" lautet einstimmig die Antwort.

„Dann führt mich zu Eurem König, denn ich möchte in seine Dienste treten."

„Lieber Ritter", erwiderte einer von den Zwergen, „dein Streben ist ganz aussichtslos, denn unser König hat Krieger genug und nimmt keine fremden Männer auf."

„Ich bin kein Mann!" sagte Sittlieb, „ich bin eine Schildmaid, — hat Euer König schon eine Schildmaid?"

Die Zwerge sahen sich an und schienen in Verlegenheit zu sein.

„Seht Ihr!" rief Sittlieb, „Ihr wißt gar nicht, was das ist: eine Schildmaid!"

„Nein, das wissen wir nicht", entgegnete einer von den Zwergen.

„Also wird Euer König eine Schildmaid noch nicht haben", sagte Sittlieb; „darum führt mich zu ihm."

*

Die Zwerge berieten sich untereinander; dann luden sie Sittlieb ein, ihnen zu folgen. Und nun begann ein merkwürdig verschlungener Pfad, den niemand ohne kundigen Führer gefunden hätte: erst hinein in die düstere Kluft, dann quer über eine große Geröllhalde, dann durch ein dichtes Latschengestrüpp zu einer Felsecke, um diese herum zu einem ebenen Plätzchen mit herrlichen Alpenrosen, dann unter einem großen, abgestürzten, weißen Block, der eine enge Spalte freigelassen hatte, hindurch und auf schmalem Bande über furchtbaren Abgründen fast eben weiter, bei einem Wasserfall über schwarze Felsplatten zu einer Mulde mit großen Edelweißsternen, endlich steil hinauf über knotige Felsen zu einem verschlossenen Tore. Die Zwerge bedeuteten Sittlieb, hier ein wenig zu verweilen.

„Wo ist der Rosengarten?" fragte sie.

„Der liegt weiter oben und zum größten Teil auf der andern Seite", lautete die Antwort.

Die Zwerge gingen durch das Tor hinein, kamen aber gleich wieder zurück und führten nun Sittlieb in den Berg. Da wurde sie von zwei Vertretern des Königs höflich empfangen und um ihre Wünsche gefragt. Nachdem sie sich geäußert hatte, meinte einer der beiden, Sintram mit Namen, der König sei für Neuerungen nicht recht zugänglich. Der andere, der sich Nîthart nannte, betrachtete die Schildmaid mit Neugierde und sagte: „Schwach bist du nicht, denn in der vollen Rüstung bei dieser Hitze bis da herauf zu kommen, ist keine Kleinigkeit."

„Die Hitze spüre ich schon", versetzte Sittlieb, „und ich wäre froh, wenn ich den Helm abnehmen dürfte."

„Selbstverständlich darfst du das", entgegnete Sintram.

Sittlieb tat es und ein blühendes Mädchengesicht mit heißen, rosenroten Wangen kam zum Vorschein. Sie ordnete mit den Händen ihr prachtvolles Haar und schob es nach rückwärts, so daß es ihr in reichen Wellen über die Schultern hinabflutete.

Nîthart schaute voll zudringlichen Erstaunens auf die schöne Fremde und bemerkte: „Du hast Haare wie ein Wasserfräulein, — ich sah einmal eines am Amadoyer-See *), aber es verschwand schnell in die Tiefe."

*

Nach diesen Worten verschwand auch er, denn er lief zum König, wo er Sittliebs Ansuchen eifrig befürwortete. So wurde denn Sittlieb zu Laurin geführt, der sie freundlich aufnahm und fragte, woher sie käme. Er betrachtete auch wohlgefällig ihr Wappen mit dem Meerwunder und sagte, daß er eine Schildmaid schon brauchen könne. Dann fragte er, wer sie denn zu ihm gewiesen habe, denn er wohne doch tief im Gebirge und sei schwer zu finden.

„Ich bin nur hieher gekommen", versetzte Sittlieb, „weil ich von dem herrlichen Rosengarten gehört habe und weil es mich sehr wundert, ihn zu sehen."

Der König lachte und meinte, der Rosengarten habe von seiner einstigen Pracht viel verloren; er sei früher schöner gewesen, aber nach und nach der Verwahrlosung anheimgefallen, weil ihn niemand richtig pflegte; wenn Sittlieb das übernehmen wolle, so habe er nichts dagegen; ja, er würde sich sehr freuen, wenn es ihr gelänge, den Garten in seiner früheren Herrlichkeit neu erstehen zu lassen.

Sittlieb war entzückt von diesem Auftrage und ganz Feuer und Flamme für die Ausführung. Der König lobte ihren Eifer und meinte,

---

*) Amadòyer-See ist die alte Tierser Bezeichnung für den Lék d'Antermòya, der auf der Fassaner Seite des Rosengartens liegt. (Vgl. I. V. Zingerle: „Sagen aus Tirol", 2. Aufl., Innsbruck 1891, S. 147.)

zweifellos werde nun der Garten bald wieder in Würden kommen. Was ihren sonstigen Dienst anbelange, so sei es ihre Aufgabe, den König zu begleiten, wenn er seine Gemächer verlasse, und ihm aus ganzer Seele Sieg zu wünschen, wenn er in den Kampf ziehe. Dazu nehme sich ein König eine Schildmaid, daß sie ihm Sieg verleihe. Sittlieb versicherte, sie sei glücklich das alles tun zu dürfen, und an ihrem Willen, ihm Sieg und Ruhm zu sichern, möge er nicht zweifeln. — Darauf entließ sie der König und beauftragte einige Zwerge, sie in den Garten zu führen.

*

Der Weg in den Garten zog sich auf dieser Seite durch ein dichtes Gehölz von Zirben und Spirken (das sind hochstämmige Latschen). Die Waldung sah sehr düster aus und Sittlieb meinte, am Abend könne es da unheimlich sein. „Da hast du recht", sagten die Zwerge; „es wohnt hier auch die Langwerda, ein sonderbares Weib, das in die Zukunft schauen und manchmal recht ungut sein kann; es ist am besten, man redet kein Wort mit ihr und geht ganz ruhig vorbei."

Sie kamen nun zu einem schwarzen, wasserüberronnenen Felsen, auf dem die Langwerda saß. Die Zwerge taten nichts dergleichen und auch sie beachtete die Zwerge nicht, weil sie ihr genau bekannt waren. Aber auf Sittlieb richtete sie ihre Blicke scharf und forschend; sie erkannte sofort, daß Sittlieb eine Schildmaid war und in seltsam hohlem Tone sprach sie zu ihr:

„Mädchen im Panzerhemd,
wie doch so fern und fremd
kommst du daher!
Nimm vor der Rosenpracht
sorgsam dein Herz in Acht,
sonst wird's dir schwer!"

Sittlieb horchte auf, doch ging sie schweigend weiter und beschleunigte ihre Schritte, denn man gewahrte schon aus einiger Entfernung den Rosenschein des Gartens. Die Zwerge folgten ihr und einer sagte leise zu seinem Genossen: „Unsere Schildmaid muß etwas Besonderes sein, kein gewöhnliches Menschenkind, denn die Langwerda hat recht wohlwollend zu ihr gesprochen."

„So ist es", bemerkte ein anderer; „sie scheint ihr gut gesinnt zu sein und das will bei der Langwerda schon etwas heißen."

*

Man hatte inzwischen den Rosengarten erreicht. Da sah nun Sittlieb Rosenbüsche und Rosenblüten von wunderbarer Schönheit; sie erkannte aber auch gleich, was dem Garten fehlte und was sich aus ihm machen ließe, wenn man ihn richtig pflegen würde.

Am Abend, bei der Tafel, berichtete sie darüber dem König und schilderte auch des Näheren, wie sie sich die Verbesserung und Ausgestaltung dächte. König Laurin lobte ihre Pläne und sagte, Sittlieb solle sich Zwerge nehmen, soviel sie brauche, um die Arbeiten im Garten vor Sommers Ende durchzuführen; der Garten sei ihm sehr wertvoll, weil er ihn von seinen Vorfahren ererbt habe; an dem Garten hänge eine uralte Überlieferung, der Garten bilde das Wahrzeichen und den Stolz des ganzen Reiches, und wenn es gelänge, den Garten merklich zu verschönern, so werde er, der König, Sittlieb dafür Dank wissen. —

*

So war nun Sittlieb in das Reich der kleinen Leute aufgenommen und fühlte sich da wohl. Meist arbeitete sie mit einer Schar von Gehilfen in dem Rosengarten, den sie ganz umgestalten und wesentlich vergrößern ließ. Dabei zeigte sie einen unermüdlichen Fleiß. Auch legte sie gerne die Rüstung ab und trug im Garten ein leichtes Mädchengewand. Das gefiel auch den Zwergen viel besser und sie sagten es ihr oft. Sittlieb jedoch achtete nicht auf solche Reden; denn ihr ganzes Denken und Sinnen war damit beschäftigt, den neuen, großen Garten so schnell als möglich zu vollenden. Sie ging deshalb bei grauendem Morgen immer als erste ans Werk:

Auf taubenetzten Bergen
erwachte kaum der Tag,
da stand auch schon die Schildmaid
im rosenbunten Hag;
und als die schönen Rosen
sich sonnten, rot und weiß,
war sie die allerschönste
rundum im ganzen Kreis!

Nur wenn der König ausritt oder auf die Jagd ging, mußte sie in der Rüstung erscheinen und ihn begleiten.

Sittlieb kannte schnell das ganze weite Gebirge in seinen Tal- und Gipfel-Bildungen; besonders mit den Wasserläufen war sie bald so vertraut, daß sich die erfahrensten Zwerge über ihre Kenntnis verwunderten. „Woher weißt du das?“ fragten sie oft. „Das hat der Bach gesagt“, erwiderte Sittlieb und sie fügte hinzu: „Ich verstehe die Sprache der Wellen.“

„Dann weißt du mehr als wir“, entgegneten die Zwerge; „wir haben gemeint, alle Geheimnisse des Gebirges zu überschauen, aber von dir können wir noch lernen; zwar wußten wir, daß es unter ‚Dawòy', an der Abendseite unseres Reiches Quellen gäbe, deren Gemurmel man verstehen könne, aber du scheinst mit jedem Bächlein Zwiesprache zu halten."

„Gewiß, versetzte Sittlieb lachend; „und besonders der Wasserfall am Gewände der Morgenseite, der spricht mit mir wie ein Mensch mit seinesgleichen; seine Stimme erinnert mich an das Tosen der Brandung in meiner meerumschlungenen Heimat."

*

Die Zwerge staunten, und von Tag zu Tag wuchs das Ansehen, welches die Schildmaid bei ihnen genoß. Auch der König erkannte, daß die Schildmaid sehr klug war und ihm gut zu raten wußte; darum hielt er bald viel auf ihre Meinung, und wenn sie zusammen ausritten, so besprach er mit ihr alle wichtigen Angelegenheiten. Von Zeit zu Zeit fragte er auch, wie es nun mit dem Rosengarten stünde.

„Oh, der wird schön!" sagte Sittlieb ganz begeistert; „laß mich nur machen; wenn er fertig sein wird, führe ich dich hinein; du wirst ihn gar nicht mehr wiedererkennen, so vielgestaltig und farbenprächtig ist er geworden."

Der König lächelte und geduldete sich. Als aber der Sommer zur Neige ging, da sprach er: „Nun, Sittlieb, willst du mich nicht morgen in den Garten führen?"

„Bitte, morgen nicht, morgen nicht!" erwiderte sie voll Spannung; „der Garten ist noch nicht ganz fertig, aber in fünf oder sechs Tagen wird er soweit sein, daß er deine Würdigung verdienen dürfte; er enthält nämlich wundervolle Einzelheiten, mit denen ich dich überraschen will; und ich freue mich so sehr darauf, zu sehen, was das alles auf dich für einen Eindruck macht."

„Sittlieb!" sagte der König, „du bist jetzt ganz rot geworden, vor lauter Eifer."

Da schüttelte Sittlieb verlegen den Kopf und schlug die Augen nieder.

Der König aber fing wiederum zu sprechen an und ersuchte sie, ihm den Garten wenigstens in großen Zügen zu beschreiben.

*

„Das will ich gerne tun". versetzte Sittlieb; „also — die Hauptsache sind natürlich die Rosenanlagen, darum heißt er ja auch Rosengarten; aber ich habe auch Anpflanzungen von anderen Blumen geschaffen, Lilien und Nelken, Tulpen und Veilchen, und habe die gleichfarbigen in großen Gruppen zusammengestellt. Doch das ist nicht alles; ich habe auch Wege bauen lassen, die sich zwischen Felsen und Blumenbeete durchwinden und zu Aussichtsstellen führen; an diesen stehen Bänke unter Rosenlauben und man kann hinausschauen in die Ferne. Solche Plätzchen habe ich mehrere vorbereitet, und zwar an getrennten Stellen, mit ganz verschiedenen Ausblicken für die einzelnen Tageszeiten: da ist das Morgenplätzchen mit Fernsicht auf jenen vielgipfeligen Firngiebel, den die Leute Zebrù nennen; am frühen Morgen erscheint der Zebrù leichenblaß, wenn ihn aber die ersten Sonnenstrahlen treffen, dann brennt er auf, als ob dort ein Feuer entzündet würde; — für die Mittagszeit habe ich ein Plätzchen an der luftigen Kante des Mirawyèrek, über den Abgründen von Wayolét, mit dem Blick auf die „Gläsernen Berge"; — am Nachmittag begibt man sich zum Costòn del Skèlmo und schaut über die schartigen Grate von Dowòy und Baél weit gegen Süden bis zu dem blanken Eisfeld der Fradústa! — wenn aber der Abend naht, dann besucht man das Plätzchen über dem Gewände der Bolàda und bewundert im Glanze der sinkenden Sonne den großen Berg, den seine Anwohner Rosàlya nennen *). Für jedes dieser Ruheplätzchen habe ich einen

*) Diese alten rätoromanischen Namen, die bei den Fassanern um die Jahrhundertwende noch gebräuchlich waren, sind heute nur mehr wenig bekannt und zum Teil sogar verschollen. — Zebrù nannte man die ganze Ortlergruppe; die Bedeutung dieses Namens ist wahrscheinlich „Der Versilberte" (aus einer rätischen Grundform *zerebrùt-, einem Partizipium, dessen Stamm *zerebr- „Silber" mit slawisch sirebro, litauisch sidâbras und unserem „Silber" urverwandt sein müßte; vgl. Schrader und Nehring „Reallexikon der indogermanischen Altertumskunde" II, 395 links, § 7). — Davóy bedeutet im Ladinischen „rückwärts", und so hieß ein für die Fassaner entlegener Übergang über den Rosengartenkamm, wahrscheinlich das Tschager Joch. — Ròda de Baél war die Bezeichnung der Rotwand (von bayè „unheimlich schreien", baél „Geisterruf", ein rätisches Wort, das im Slawischen wiederkehrt: bajo, bajati „erzählen, besprechen, zaubern"; vgl. Berneker „Slawisches etymologisches Wörterbuch" I, 39). — Bolàda (früher Barbolàda) nannten die Fassaner das furchtbare Ostgewände der Rosengarten-Spitze (wohl aus rätisch *Garbolata, das ich zur indogermanischen Wurzel *gwer „verschlingen" stellen und als „Abgrund" deuten möchte; dazu altindisch gárgarah „Schlund" und gárbha „Bauch"; siehe Walde „Lateinisches etymologisches Wörterbuch" unter gurges und voro, ferner Boisacq „Dictionnaire étymologique de la langue grecque" unter borá, endlich Schrader und Nehring a. a. O. I. 635 rechts, unter „Bauch"). Es gibt mehrere Bergnamen bis nach Ligurien hinein, die von jener Wurzel abgeleitet sein dürften. — Im Fassatal bezeichnet man jetzt die Rosengarten-Spitze als Tjadenátse und das bedeutet „Pflugschar". Alte Tierser sprachen vom „Schar-Kofel" und unterschieden „Hoch-Schar", „Mitter-Schar" und „Unter-Schar", wußten aber schon 1897 nicht mehr zu sagen, auf welche Stellen sich diese Namen bezogen. Ein Fassaner hingegen zeigte mir im Sommer 1909 den Südgrat der Rosengartenspitze, den er Costón del Skélmo nannte und an dem er von oben nach unten Pitz del Skélmo, Skélmo de métz und Skélmo de sót unterschied. Die Tierser Bezeichnungen waren also Übersetzungen aus dem Ladinischen. Das Wort skélmo ist rätischen Ursprungs und enthält offenbar die indogermanische Wurzel *(s)ker „schneiden" (vgl. Falk-Torp „Norwegisch-dänisches etymologisches Wörterbuch" unter skjaere, und Boisacq a. a. O. unter Keíro). Von jener indogermanischen Wurzel sind gewiß auch unsere deutschen Wörter „Schar" und „Schere" herzuleiten. Das Rätische dürfte dieselbe Wurzel mit einem m-Suffix zu *sker-m- erweitert haben, was etwa mit „Geschneide" zu übersetzen wäre; aus der Grundform *sker-m- konnte dann leicht *skel-m- entstehen. — Vayolét ist bekannt. Es bedeutet (nach I. F. K. Dirichs) „Gegend mit

besonderen Blumenschmuck erwählt; angesichts des bleichen Zebrù stehen feuerrote Nelken, vor den blauen „Gläsernen Bergen“ gelbe Stiefmütterchen, auf dem sonnigen Costòn blaßrote Rosen und über der schattigen Bolàda weiße Lilien. Die Farbe der Blumen habe ich mit Bedacht dem Landschaftsbilde angepaßt und die Beete so erhöht, daß man, auf den Bänken sitzend, über die nickenden Blumen hinweg die fernen Berge sieht. — Oh, es ist schön und ich bin gespannt darauf, zu hören, wie dir jede Stelle gefallen wird. Dabei habe ich noch eine Bitte: Du mögest mir gestatten, daß ich vier klare Tage auswähle, und dann führe ich dich an jedem Tag nur zu einem dieser Plätzchen; später aber besuchen wir sie nacheinander alle an demselben Tage.“

„Das hast du dir ja großartig ausgedacht“, bemerkte König Laurin.

*

„Aber das Beste kommt noch“, versetzte Sittlieb; „unser Rosengarten wird kein gewöhnlicher Garten sein, der nur aus Erde und Steinen und Pflanzen besteht; unser Rosengarten wird eine Seele haben; denn das Beste, das er in sich tragen soll, wird die Erinnerung an die Rose des Gedenkens sein, aus der er einst entsprossen ist, — die Erinnerung an das einzigschöne Inbild der guten, alten Zeit; davon soll er einen Abglanz bewahren, der weit in die Lande und weit in die Zukunft hinausleuchtet. Und darum sage ich mir Tag für Tag, wenn ich mit den Zwergen an unserem Rosengarten arbeite:

Ein wundersam Gedenken verlegen wir hinein,
er wird in seinem Wesen ganz ohnegleichen sein,
und immer soll es heißen, bei denen, die ihn sehen,
der allerschönste Garten blüht hier auf diesen Höhen!“

„Das ist alles ganz vortrefflich“, sagte König Laurin; „auch ich freue mich auf den Tag, an dem du mir den neubelebten Rosengarten zum ersten Male zeigen wirst. — Aber nun höre: morgen wird die Ver-

---

Geröll“ und ist auf die indogermanische Wurzel *wegh „sich bewegen“ zurückzuführen, wie unser „Wagen“ und „Woge“, die beide den Begriff des Bewegens, Fahrens, Rollens in sich bergen (vgl. Kluge-Götze „Etymologisches Wörterbuch der deutschen Sprache“, 1934, unter „Wagen“, „wegen“ und „Woge“). — Das Nordeck des Rosengarten-Grates, das mit einer senkrechten Kante gegen die Gartl-Schlucht abstürzt, bezeichneten die alten Fassaner als Miravyèrek, d. h. „Glas-Betrachter“, weil es nach den „Gläsernen Bergen“ (den Zillertaler Fernern) Ausschau zu halten scheint; es ist 2911 m hoch und darf nicht mit der sog. Punta Emma verwechselt werden, die weiter östlich steht und bloß 2617 m Höhe erreicht. — Fradústa heißt eine vereiste Hochfläche in der Palagruppe. — Rosàlya nannte man ein ödes Hochtal unter der Südwand der Marmolèda.

eidigung meiner Krieger statthaben; sie beginnt nach der Mittagstafel und dauert bis zum Abend, weil jeder einzelne die Schwurformel laut und vernehmlich aussprechen soll. Als Schildmaid gehörst auch du zu meinem Kriegsvolk; halte dich also für morgen nachmittag in vollem Waffenschmuck bereit." —

Diese Mitteilung war Sittlieb sehr unangenehm, doch getraute sie sich nicht, etwas dagegen zu sagen. Als die bestimmte Stunde gekommen war, stand sie auf dem Sammelplatz. Das Ableisten des Eides begann, und die Schwurformel war sehr hart und streng. Einer nach dem anderen wiederholte sie mit lauter Stimme. Je mehr sich die Reihe näherte, um so unheimlicher wurde Sittlieb zumute. Endlich konnte sie es nicht mehr aushalten und sie entfernte sich unbemerkt in aller Stille. Dem König wäre das gar nicht aufgefallen; aber Nîthart sah es und machte ihn aufmerksam. „Geh und hole sie!" sagte der König. Nîthart eilte hinweg, suchte Sittlieb da und dort und fand sie endlich unbewaffnet bei den Arbeiten im Rosengarten.

„Du sollst gleich wieder die Rüstung anlegen und zum Schwören kommen!" rief er.

„Jetzt bin ich hier beschäftigt", entgegnete sie ablehnend. Und weil er nicht locker ließ, so versprach sie ihm, später zu kommen. Sie zögerte aber damit, so lange sie konnte. Endlich, gegen Abend, kam sie doch in die Nähe des Schwurplatzes und da hörte sie, wie gerade der letzte von Laurins Kriegern die Eidesformel sprach. Dann gingen alle auseinander und Sittlieb zog sich zurück. Über dem fernen Westgebirge sah man eine ungewöhnlich schöne, rosenfarbige Abendröte. Sittlieb schaute von einem hohen Felsen auf die prachtvolle Erscheinung und begab sich dann in ihre Kemenate. Nîthart aber berichtete dem König, daß die Schildmaid, ungeachtet seiner Mahnung, die Teilnahme an der Eidesleistung einfach verweigert habe. Dies hörte der König ungerne. — Als er nun am nächsten Morgen mit Sittlieb ausritt, da fragte er sie, warum sie nicht zum Schwur gekommen sei. Daraufhin antwortete Sittlieb, daß sie als Weib Angst vor dem Schwören habe; und sie erzählte von dem Fest in Thummathorp, von dem Lied des Sängers und von den Worten ihres Vaters. Endlich fügte sie hinzu, sie habe gefürchtet, gerade durch den Eid schicksalsmäßig in die Untreue verstrickt werden zu können.

Der König lächelte und sagte: „Also gut, dann will ich dir das Schwören schenken; ich nehme aber an, daß du mich nicht im Stiche lassen werdest, wenn ich einmal auf deine Hilfe angewiesen wäre."

„Nein, gewiß nicht!" rief Sittlieb in warmem Tone, „der Rosengarten-König soll sehen, daß seine Schildmaid hinter niemandem zurücksteht, wenn es einmal gelten sollte, Gefahren zu begegnen oder ein größeres Opfer zu bringen!"

„Das freut mich von dir“, versetzte Laurin, „denn ich glaube deinen Worten“. Dann entließ er sie zur Arbeit im Rosengarten, damit sie dort fertig würde.

Sittlieb war wieder glücklich; sie hatte das Gefühl, daß ihr ein Stein vom Herzen gefallen sei. Den ganzen Tag über beschäftigte sie sich im Rosengarten, der nun so gut wie vollendet war, und als der Himmel wieder purpurn erglänzte, da begab sie sich auf denselben hohen Felsen, gedachte des vorhergegangenen Schwurtages, freute sich über die Huld ihres Königs und sang mit heller Stimme in die Dämmerung hinaus:

„Über fernen, dunklen Bergen
lag ein lichtes Abendrot,
als der letzte deiner Mannen
dir den Treueschwur entbot.
Über fernen, dunklen Bergen
liegt auch jetzt das Abendrot
und ich halte dir die Treue,
ohne Schwur, bis in den Tod!“

*

An diesem Abend hatte König Laurin mit Nîthart eine Unterredung, die bis tief in die Nacht hinein dauerte. Nîthart berichtete dem König über verschiedene Angelegenheiten. Zuletzt jedoch erzählte er ihm von der Tochter eines mächtigen Markgrafen im Etschlande. Dieses Mädchen sei das schönste, das er jemals gesehen habe und es eigne sich in jeder Hinsicht ganz vorzüglich als Gemahlin für den Rosengarten-König. Wenn es gestattet werde, so wolle Nîthart gerne die Werbung für seinen Herrn übernehmen. Das ganze Volk im Rosenreich, so sagte Nîthart, würde sich freuen, endlich wieder eine Königin zu haben. Und er wußte die Vorzüge der von ihm ins Auge gefaßten Königsbraut so zu preisen, daß Laurin sich schließlich einverstanden erklärte und Nîthart beauftragte, die Sache in die Wege zu leiten. —

*

Zwei Tage später, als Sittlieb im Rosengarten mit den letzten Vorbereitungen für die Eröffnung beschäftigt war, kam sie zu dem Wasserfall an der Bolàda und da hörte sie, wie die Wellen sagten, daß die schönste Rose aus dem Garten verschwunden sei. Das aber hatte Nîthart getan; bei Tagesanbruch sei er gekommen, um die schönste Rose auszuwählen und fortzutragen. Sittlieb eilte sofort an Ort und Stelle, denn sie wußte genau, wo die schönste Rose gestanden hatte — und siehe da: die Rose war verschwunden! Da schickte Sittlieb einen ihrer Arbeiter zu Nîthart und ließ die Rose zurückverlangen. Aber Nîthart weigerte sich dessen, indem er sagte, er handle im Auftrage des Königs und niemand habe das Recht, ihn dabei zu behindern. Doch da kam Sittlieb selbst zu ihm und sagte, der Rosengarten stehe unmittelbar vor der Eröffnung; Laurin selbst sei noch nicht darinnen gewesen und somit könne er unmöglich den Auftrag erteilt haben, die allerschönsten Blumen aus dem Rosengarten zu entfernen.

„So war es freilich nicht gemeint", sagte Nîthart, „aber damit du die Sache begreifst, möchte ich dir etwas erzählen: Unser König will sich nach einer passenden Braut umsehen und wir werden bald eine Königin haben; ich bin beauftragt, das in die Wege zu leiten und dazu wollte ich jene Rose verwenden; ich hatte auch die Absicht, der Königsbraut zu erzählen, daß d u den Rosengarten so herrlich eingerichtet habest; dadurch wärest du bei der späteren Königin gleich von vorneherein in Gunst gekommen, was gewiß nicht zu verachten ist. Du siehst — ich meine dir es gut!"

„Gib mir die Rose zurück!" versetzte Sittlieb.

„Wenn du durchaus willst", entgegnete Nîthart, „so mag ich sie dir nicht verweigern — da ist sie; ich werde mir anders behelfen!" Und er reichte ihr die Rose. Dann sagte er in gekränktem Tone: „Ich habe schon leider mehrmals bemerkt, daß du dich schwerhörig stellst, Sittlieb, und daß du deinen besten Freund mißhandelst. Gelt, dazumal, als du beim König vorsprechen wolltest, da war ich gut genug, um dir den Weg zu ebnen, daher solltest du jetzt auch ein bißchen netter gegen mich sein."

„Ja, es ist wahr", erwiderte Sittlieb, „du hast mir damals geholfen; ich danke dir dafür und verzeih, wenn ich dich gekränkt habe; mehr kann ich dir heute nicht sagen, denn, weißt du — ich bin so traurig!" Und sie machte ein betrübtes Gesicht.

Nîthart erkannte das gleich und sagte nun mit einem gewissen Nachdruck: „Meine Ernennung zum Kanzler steht jetzt nahe bevor; ich werde also künftig im Rosenreich der Erste nach dem König sein und meine Gemahlin wäre die Erste nach der Königin."

Sittlieb ließ diese Worte an sich vorbeigehen und bemerkte nur: „Ich wollte die Rose heute zurückhaben, weil sie gerade die schönste ist und weil jetzt bald der König den Garten besichtigen soll; ich werde sie einfrischen und wieder anheften; einer meiner Leute versteht das zu machen; s p ä t e r kannst du dir dann Rosen nehmen, soviel du willst; nur jetzt hätte ich den Garten gerne schön instand gehabt."

Nachdem Sittlieb so gesprochen hatte, ging sie.

Nîthart aber lachte und flüsterte vor sich hin: „Die wird kleinlaut werden, wenn erst einmal eine Königin da ist!" Und vergnügt rieb er sich die Hände. —

*

Am nächsten Morgen wurde Nîthart wieder zum König befohlen, der ihm wichtige Aufträge gab und ihn zum Kanzler ernannte. Auch sagte der König so nebenher: „Die Sache wegen der Eidesverweigerung Sittliebs ist geregelt; sie fürchtet sich vor dem Schwören, also habe ich es ihr geschenkt; recht war es mir nicht, weil die Ordnung durchbrochen wird; wenn du hören solltest, daß die Mannschaften darüber reden, so sage, es habe keine Bedeutung, ob Sittlieb schwöre oder nicht, sie sei ja kein Mann!"

Nîthart nahm das zur Kenntnis und verbeugte sich. Dann bemerkte er: „Ja, beim weiblichen Geschlecht kommt es wirklich nicht auf einen Eid an, sondern nur auf den guten Willen, und Sittlieb hat sich ja darum gerissen, hier Schildmaid werden zu können. Sie zeigt auch sehr viel Geschick. Gestern war ich im Rosengarten; was sie da geschaffen hat, ist geradezu staunenswert, das muß man anerkennen."

„Es ist nicht nur das", versetzte Laurin; „Sittlieb hat uns Glück gebracht; denke daran, wie oft uns früher etwas mißlungen ist, und seitdem wir Sittlieb hier haben, geht alles wie von selbst; wir können jetzt unternehmen, was wir wollen, alles gelingt uns; Sittlieb ist eine wahre Segenspenderin für uns geworden."

„Sie scheint das aber auch zu wissen", entgegnete Nîthart, „denn sie schaltet und waltet jetzt schon im ganzen Reich, als ob sie nicht Schildmaid, sondern die Königin wäre."

„Wie äußert sich das?" fragte Laurin.

„Gestern zum Beispiel", erwiderte Nîthart, „holte ich mir aus dem Garten eine schöne Rose, weil ich sie für die Werbung verwenden wollte, und obwohl ich mich auf deinen Auftrag berief, so nahm mir Sittlieb die Rose wieder weg. Auch sonst habe ich wiederholt bemerkt, daß sie mit großem Selbstbewußtsein auftritt; — damit will ich aber ihre Verdienste nicht schmälern."

„Sie fühlt sich also", sagte der König lächelnd. „Nun gut, — du kannst ihr sagen lassen, sie möge jetzt mit mir ausreiten."

*

Nîthart dankte noch für die Ernennung und empfahl sich. Es dauerte nicht lange, so war Sittlieb zur Stelle. Dann ritt sie mit dem König in den morgenfrischen Wald hinaus. Als sie weit draußen waren, fing Laurin zu reden an und teilte Sittlieb mit, daß er eine Braut heimzuführen gedenke, um dem Reich eine Königin zu geben.

„Da muß ich dich nun auf etwas aufmerksam machen", fuhr er fort; „meinen Beamten gegenüber kannst du dir hie und da etwas herausnehmen, das verarge ich dir nicht, wenn du nur immer nach bestem Wissen zu mir hältst und meine Sache zu fördern trachtest. Aber sobald wir eine Königin haben werden, mußt du vorsichtig sein, denn die Königin hat überall den Vorrang und alle meine Leute sind verpflichtet, sich ihr bedingungslos zur Verfügung zu stellen. — Übrigens, wie steht es mit dem Rosengarten?"

„Er ist fertig", entgegnete Sittlieb.

„Meine Anerkennung!" sagte Laurin, und lächelnd fügte er hinzu: „Wann darf ich nun hineingehen?"

„Wann es dir gefällt", antwortete Sittlieb.

„Du warst doch so begeistert dafür", versetzte der König, „und freutest dich auf die Eröffnung des neuen, von dir umgestalteten Rosengartens; deshalb wollte ich die Wahl des Eröffnungstages d i r überlassen."

„Mir ist der Tag vollkommen gleichgültig", versicherte Sittlieb; aber ihre Stimme zitterte ein wenig.

Der König bemerkte das nicht. „Weißt du, Sittlieb", sagte er „wenn es dir auf den Tag nicht ankommt, dann machen wir die Sache ganz anders; ich habe jetzt so lange auf die Eröffnung des Gartens gewartet, daß ich noch länger warten kann; also verschieben wir die Eröffnung bis zu meiner Hochzeitsfeier, die ich für den nächsten Sommer ansetzen möchte; sie soll besonders glänzend werden, und die prunkvollsten Festlichkeiten verlegen wir in den Rosengarten; ich zweifle nicht daran, daß der Garten, dank der Neuerungen, die du darin geschaffen hast, die Bewunderung aller Gäste erregen werde, denn so etwas dürfte es in der ganzen Welt nicht mehr geben. Der Garten wird dann später natürlich auch ein Lieblingsaufenthalt der Königin sein und da hast du Gelegenheit, dich bei ihr beliebt zu machen, indem du sie zu den schönsten Ruheplätzen führst, von denen wir gesprochen haben, und ihr alles zeigst und erklärst. Ich möchte dir für die Zukunft überhaupt empfehlen, deine Dienste vor allem der Königin zu widmen, stets zu ihrer Verfügung zu bleiben und sie zu beschützen; nur wenn ich in den Krieg ziehen sollte, hättest du als Sieg-Jungfrau an meiner Seite zu bleiben und mir beizustehen."

Er unterbrach sich, schaute im Walde herum und sagte: „Wir reiten zur Bolàda!"

„Lieber nicht", erwiderte Sittlieb.

„Warum nicht?" fragte der König erstaunt.

„Weil dort heute über dem Wasserfall Nebel aufsteigen werden, und dann ist es an den Abgründen nicht geheuer."

„Daß du das wissen kannst, wundert mich", versetzte der König.

„Ja, was mit Wasser und Nebeln zusammenhängt", entgegnete Sittlieb, „das spüre ich in allen Gliedern." Und sie zuckte zusammen, wie jemand, der einen Schüttelfrost empfindet.

„Also dann reiten wir m o r g e n hin", sagte der König.

„Morgen wird das Wetter noch schlechter sein", bemerkte Sittlieb.

„Nun, so lassen wir's halt bleiben", versetzte der König.

Dann schwiegen sie, machten einen Umweg und ritten wieder heim. Als sie im Hofe von den Pferden stiegen, da sagte der König noch: „Morgen früh, zur gleichen Stunde, melde dich bei mir."

*

Sittlieb nickte und ging zu ihrem Gemach. Da kam einer von ihren Gartenarbeitern und meldete ihr, man habe im Garten noch einen Mangel entdeckt, der in Ordnung gebracht werden müsse; sie möge kommen, um zu bestimmen, wie sie das geregelt zu sehen wünsche.

„Das könnt Ihr machen wie Ihr wollt", erwiderte Sittlieb; und sie zog sich zurück.

„Merkwürdig!" sagte der Gärtner, „sonst durfte man nicht ein Pflänzchen setzen und nicht einen Stein verrücken, ohne vorher bei ihr anzufragen; zehnmal schaute sie erst bis in die weitesten Fernen hinaus, ob es wohl so passe, und jetzt ist es ihr auf einmal gleichgültig; — unstet sind sie schon, die Weiber!"

Den ganzen Tag über blieb Sittlieb unsichtbar; als jedoch der Abend nahte, stieg sie in voller Waffenrüstung wiederum zu Roß und begab sich an das Tor.

„Wohin reitest du?" fragte der Wächter.

„Das weiß ich selbst noch nicht", lautete die Antwort.

„Hast du Urlaub vom König?" wollte der Wächter wissen.

„Ich brauche keinen Urlaub!" versetzte Sittlieb.

„Ohne Erlaubnis des Königs darf ich niemandem öffnen."

„Dann hole den Befehlshaber der Wache!"

Der Mann ging fort und kam gleich wieder mit dem Befehlshaber zurück. Als dieser Sittlieb erblickte, wurde er sehr höflich und sagte: „Die Schildmaid des Königs darf niemand behindern; aber wie kommt es, daß du keinen Urlaub hast?"

„Ich habe nicht geschworen", erwiderte sie, „und so brauch' ich auch nicht Urlaub nehmen."

„Auf deine Verantwortung, Sittlieb", bemerkte der Befehlshaber; dann ließ er die Torflügel öffnen.

„Ich danke dir!" sagte Sittlieb.

Und langsam ritt sie hinaus.

Kaum aber war sie im Freien, so spornte sie ihren Hengst zu solcher Gangart, daß er mit seinen Hufen Funken von den Steinen schlug.

Der Befehlshaber schaute ihr nach und dachte: „D i e ist aber heute schlecht aufgelegt; und sonst war sie immer so heiter, — ja, Launen, Launen!"

Und er ließ das Tor wieder schließen.

Zerreißt, ihr Nornen, das Runen Seil!
Götterdämmrung, dunkle herauf!
Nacht der Vernichtung, neble herein!

(Richard Wagner: „Siegfried"; im „Ring der Nibelungen")

Der nächste Tag war trübe. Trotzdem wollte Laurin auf seinen Morgenritt nicht verzichten. Er wunderte sich nur darüber, daß die Schildmaid nicht erschien, und nachdem er eine Zeitlang vergeblich gewartet hatte, beschloß er, diesmal allein zu reiten. In Gedanken durchquerte er den Wald und kam endlich zu den Wänden der Bolàda. Wie Sittlieb es vorausgesagt hatte, wurde das Wetter immer schlechter und seltsame Nebelschwaden krochen aus den Abgründen empor. Als der König an das Eck hinausgelangt war, wo der Weg aufhörte, weil die Gratschneide dort senkrecht abstürzt, blieb er stehen und schaute hinaus. Von den drüben aufragenden Felstürmen war gar nichts mehr zu bemerken, weil die Nebel unruhvoll brauten. Plötzlich sah der König aus den grauen Schleiern riesige Menschengestalten auftauchen, die sich hin und her bewegten. Es waren zwei Frauen und sie schienen ein Seil zu drehen. Sie zogen daran von beiden Seiten bis das Seil riß. Dann verschwand alles in düsterem Wolkengeschiebe.

Der König ritt zurück und traf im Walde einen alten Holzarbeiter, dem er verschiedene Fragen stellte. Da der Mann sehr vernünftig antwortete, so erzählte ihm der König zuletzt auch von dem Nebelgebilde, das er gesehen hatte, und wollte wissen, was das wohl bedeuten möge. Der Mann wurde verlegen und gab zu, daß es ein schlechtes Zeichen sei. Als nun der König weiter in ihn drang, sich rückhaltlos zu äußern, da sagte der Alte schließlich: „Dieses Bild sieht, wer lange Glück gehabt hat; aber von nun an wird er keines mehr haben und alles, was er beginnt, wird ein Fehlschlag und ein Schaden werden."

„Also traurige Aussichten!" bemerkte der König, „jedoch wir lassen uns nicht bange machen."

*

Er kam nach Hause und beauftragte einen seiner Diener, nachzuschauen, wie es mit Sittlieb stehe; wenn sie krank sei, so wolle er das wissen, wenn aber nicht, so möge sie sich unverzüglich bei ihm melden. Der Diener war bald wieder da und berichtete, Sittlieb sei am Abend weggeritten, niemand wisse wohin; sie habe jedoch einen Brief zurückgelassen. Er legte den Brief dem König vor und entfernte sich. Verwundert öffnete Laurin den Brief und da las er:

Immer beisammen sein
tut gar nicht gut;
nimm dir ein Röselein
auf deinen Hut.

Und wenn das Röselein
nimmer ist rot,
wirf's in den Bach hinein,
denk ich sei tot *).

---

*) Der Verfasser dieser Zeilen ist mir nicht bekannt; es scheint sich um ein altes Volkslied zu handeln.

Simildens Befreiung.

Laurin fordert Dietrich zum Kampf.

DIE SCHILDMAID BEI DER BALMFRAU

Größer kein Herzeleid
als in der Rosenzeit
einsam verblühn.
Alt in Verlassenheit
lieber einst stehn,
als in der Rosenzeit
einsam vergehn!

(Martin Greif)

Sittlieb ritt aus den Bergen hinunter ins Tal. Sie sah nicht die herrlichen Tannen, nicht die korallenroten Erdbeeren, nicht die sprudelnden Bäche, nicht die lockenden Blumen am Wege. Bald ritt sie mit verhängtem Zügel, bald wieder ganz langsam und beinahe zögernd. Als sie an die Rebgeländer gekommen war, hörte sie die Leute singen und lachen, denn es mußte nun bald „Wimmzeit" werden und hinter jedem Zaune sah man im Laubwerk die Trauben hängen, goldgelbe und dunkelblaue, dichtgedrängt in reicher Fülle. Über dem Wege stand ein Haus, hell leuchtend in der Sonne und von Weinranken umschlungen. Aus dem nahen Föhrenwalde, der die sonndurchglühten Felsen bedeckte, senkte sich ein wohltuendes Lüftchen herab; das brachte den Duft der Nadelzweige, wundersam vermischt mit dem Hauch der Reben und Pfirsichbäume, die das lichte Haus umgaben. Von unten herauf, über saftgrüne Wiesen, hörte man das Brausen des Talstromes.

Hier will ich rasten, dachte Sittlieb, und stieg vom Pferde. Geraume Zeit saß sie da, auf einem Bänklein am Wege, in Gedanken verloren, und schaute den Bienen und Schmetterlingen zu, welche die Gebüsche am Zaun umschwebten. Die Schatten wurden lang und schon neigte sich der Tag, als einige Kinder des Weges kamen. „Schaut, schaut, wie er jetzt leuchtet!" rief das älteste Mädchen und zeigte nach Osten. Sittlieb wußte genau, was das bedeutete; es galt dem Rosengarten, i h r e m Rosengarten, der jetzt im Abendglanze stand; aber sie wollte nicht ihre Blicke zu ihm lenken.

„Noch nie war er so schön wie heuer", sagte das Mädchen, das die Kinder führte, und diese freuten sich. Aber Sittlieb freute sich nicht, denn es war ein Harm in ihr. Schweigend stand sie auf, bestieg ihr Pferd und ritt fort. Eine heiße Sehnsucht befiel sie, zurückzuschauen nach dem Rosengarten, auf dessen Erneuerung sie soviel Sorgfalt verwendet hatte. Wie herrlich war es gewesen, in dem zaubervollen Rosengarten zu arbeiten und zu träumen, alles vorzubereiten für noch schönere Tage und sich in diese hineinzuleben. Vorbei, vorbei! Nun stand der Rosengarten in der Abendlohe, die ihm die volle Weihe gab. Gerne hätte Sittlieb den Kopf gewendet, wenn auch nur für einen Augenblick; aber sie bezwang sich und sprach:

„Den Garten schaue ich *nicht* mehr an,
die Rosen haben mir weh' getan!"

*

Es dunkelte schon, als Sittlieb die Ebene erreichte und in einer Ortschaft Herberge fand. Da blieb sie einige Wochen und man erzählte ihr dies und jenes. So erfuhr sie denn auch, daß in einer nahen Schlucht eine „Balmfrau" wohnte, die mehr wußte als andere Leute, so daß sie in den schwierigsten Angelegenheiten Rat zu erteilen vermochte. Sittlieb beschloß, diese Balmfrau zu besuchen. Der Weg war schlecht und konnte nur zu Fuß gemacht werden; er führte hinauf bis nahe an eine Burg, die weithin in die Lande schaute, dann hinunter durch einen dichten Wald zu einer zweiten, aber kleineren Burg, endlich an einem abschüssigen Hange weiter bergab, bis unter einen hohen, überhängenden Felsen. Da hauste in einer elenden Hütte die Balmfrau. Sie saß vor der Türe und sagte ein bißchen höhnisch: „Sieh her, heute kommt gar ein Ritter zu mir!"

„Ich bin eine Schildmaid", versetzte Sittlieb.

„Ach so — eine Schildmaid; dann werden wir uns schon besser verstehen; laß nur hören, was du für Schmerzen hast."

Sittlieb erzählte ihr die ganze Geschichte und schloß mit den Worten: „Ich will nicht mehr als Weib leben, ich will ein Mann sein!"

„Du meinst damit, daß du deine Erlebnisse vergessen und das weibliche Empfinden von dir werfen möchtest", entgegnete die Balmfrau.

„Ich weiß nicht", sagte Sittlieb, „aber es wird schon so sein." Sie legte die linke Hand auf ihre Brust und fuhr fort: „Ich habe das Gefühl, als ob ein Mühlstein da läge und den möchte ich loswerden. Darum scheint mir, es wäre am besten, wenn ich ein Mann werden könnte."

*

Die Balmfrau dachte nach, dann bemerkte sie: „Die Erinnerung läßt sich tilgen und mit ihr wird auch der Mühlstein abfallen, der jetzt auf dir lastet; ferner kann ich bewirken, daß du künftig wie ein Mann auftreten und reden wirst; aber ich muß dich auf zweierlei aufmerksam machen: erstens, wenn du deine Weiblichkeit aufgibst, so verwirfst du dich gleichsam selbst; auch wenn du die größte und edelste Tat vollbrächtest, nie wirst du Ruhm davon haben; alle deine Anstrengungen und selbst deine Opfer werden verloren und vergessen sein. Willst du das alles mit in Kauf nehmen?"

„Ich kann nicht anders", seufzte Sittlieb, „ich muß es tun!"

„Also gut", versetzte die Balmfrau, „dann werde ich dir mit meinen Zaubermitteln helfen; aber vorher sage ich dir noch das zweite, was du wissen sollst: Geh nie mehr in den Rosengarten, denn sonst kommt die Erinnerung wieder und wird so stark, daß sie meinen Zauber zerbricht; dann wird dir noch drückender zu Mute sein als jetzt. Nimmst du das zur Kenntnis?"

„Ja", sagte Sittlieb; aber man hörte es kaum.

„Dann will ich mit dem Zauber beginnen", sprach die Balmfrau; „nimm einmal den Helm ab."

Sittlieb gehorchte und ihr herrliches Haar quoll in dichten Wogen hervor. Die Balmfrau musterte es mit Kennerblick und bemerkte: „Vor allem werden wir dieses Haar abschneiden."

Während sie so redete, hatte sie schon ein großes, scherenartiges Werkzeug in der Hand; aber sie zögerte noch ein wenig und fragte: „Du läßt dir doch das Haar abschneiden?"

„Nicht gerne", hauchte Sittlieb.

„Aha", sagte die Balmfrau gedehnt, „es ist dir also nicht recht ernst damit, ein Mann zu werden."

„Doch, doch!" beteuerte Sittlieb.

„So halb und halb möchtest du schon", spottete die Balmfrau, „drum wird's auch nur halb und halb gelingen; also — das Haarabschneiden schenke ich dir; ich werde dich nur mit Sprüchen verzaubern."

„Ja, mit Sprüchen", sagte Sittlieb recht kleinlaut.

*

Die Balmfrau legte die große Schere weg und begann nun mit der Zauberhandlung, indem sie unheimliche Sprüche aufsagte und Sittlieb im Kreise um sich herumgehen ließ. Dann rief sie: „Und nun schwöre, deine Weiblichkeit aufzugeben; ich werde dir die Schwurformel vorsagen."

„Nein, nein; schwören mag ich nicht!" entgegnete Sittlieb in verzagtem Tone.

Die Balmfrau lachte schrill auf und sagte: „Auch nicht schwören mögen! — Was hast du sonst noch für Bedenken?"

„Sonst keine", erwiderte Sittlieb.

Wieder lachte die Balmfrau; dann bemerkte sie: „Du bist groß und stark und trägst deine Rüstung mit Leichtigkeit, magst auch gut fechten können — daran zweifle ich nicht; aber sonst wirst du durch und durch ein Weibchen bleiben, und wirst dich nie gut in deine neue Männlichkeit hineinfinden. Immerhin, etwas dürfte mein Zauber schon nützen: ich habe dir ein bißchen die Stimme verändert, so daß man dich für einen jungen Burschen halten kann. Was ich dir aber vorhin geraten habe, das vergiß nicht, besonders das zweite, und dazu merke dir den Spruch:

Jene fernen, hohen Gipfel,
wild und klüftig, scharf und steil,
bergen wohl den schönsten Garten,
doch fand niemand dort sein Heil! *)

Darum sage ich dir noch einmal: geh nie mehr zum König Laurin in den Rosengarten, sonst bist du verloren!"

„Ich will auch nie mehr hingehen!" versicherte Sittlieb.

„Das wird gut sein!" betonte die Balmfrau; „im übrigen mußt du nun auch deinen Namen ändern; Sittlieb ist kein Name für einen Mann; aber sehr verschieden darf dein neuer Name von dem jetzigen nicht sein, denn der Zauber, den ich mit dir vornehmen konnte, war auch nur gering. Also — du heißest jetzt Dietleib; präge dir das ein und lege nicht mehr Rosengärten an, denn sonst lachen dich die Männer aus, oder sie merken vielleicht gar, daß du etwas anderes bist." —

*

So wurde die Schildmaid von der Balmfrau belehrt und nach weiteren Mahnungen entlassen. Die Balmfrau zeigte ihr auch noch einen Pfad, auf dem man durch die Schlucht des Flusses in die Ebene hinausgehen konnte. Mit gemischten Gefühlen schritt Sittlieb dahin und um ihre Gedanken abzulenken, betrachtete sie den Fluß, die Wälder und die Berge. In der Nacht hatte es geregnet, aber der Abend war stichklar und an mancher fernen Felsenspitze sah man einen Schimmerstrich von frischem Schnee. Die Sonne ging zur Rüste und ein wundersamer Farbenglanz lag über der Landschaft ausgegossen. Kühl strich die Luft den Fluß entlang und man fühlte, daß ein sommermüdes Jahr sich vollenden wollte.

Es war im Herbst, die hohen Gipfel starrten
schon von des Winters erster Silberspur,
das Licht der Sonne hing im Rosengarten
und schweigend lag die erntesatte Flur!

Langsam breitete die Dämmerung sich aus. Da hob Sittlieb zaghaft ihre Blicke hinan zu jenen Zinnen, wo sie so lange geweilt und so freudige Stunden durchlebt hatte, — zu jenen Zinnen, die von ihr Tag für Tag mit Blumen und Erwartungen umwoben worden waren!

---

*) Frei nach der Oper „König Laurin" von Hans Görlich. (Vgl. Abschnitt 230.)

WALDEINSAMKEIT

Wo dich des Waldes heil'ge Luft umweht,
da rauscht die Geisterwelt mit tausend Schwingen,
Frau Saga hörst du Heldenlieder singen
im tiefen Grunde, wo die Mühle steht.

(Johann Adolf Heyl)

Similde hieß ein Edelfräulein von einem Schloß auf den Bergen an der Etsch. Weil sie eine Stiefmutter hatte und daheim viel Ungemach erdulden mußte, so ging Similde gerne in den Wald hinaus. Dabei geschah es einmal, daß sie sich verirrte und immer weiter von dem Schloß entfernte. Nachdem sie viele Stunden gewandert war, erreichte sie einen Bach, der breit und brausend einherging. Die hinter diesem Bache aufragenden Berge zeigten himmelhohe Felsen mit gewaltigen Türmen und Zacken, die in der Abendsonne leuchteten. Da erkannte Similde, daß sie in einer falschen Richtung gegangen war und sie wollte nun zurück. Doch in diesem Augenblick gewahrte sie etwas Merkwürdiges: mitten in dem Bache schwamm ein Scheit Holz und auf dem Scheit saßen zwei Mäuse, die offenbar gern ans Ufer gekommen wären, es aber nicht konnten, weil das Scheit immer in der Mitte des Baches blieb. Similde wollte die Mäuse retten, deshalb trat sie dicht ans Ufer heran. Doch nun bemerkte sie zu ihrem größten Erstaunen, daß jenes Scheit nicht bergab trieb, sondern der Strömung entgegen schwamm. Mit einem Zweige zog Similde das Scheit ans Ufer, wobei sie dachte, die Mäuse würden nun rasch im Gebüsch verschwinden. Es geschah jedoch etwas ganz anderes: als die Mäuse das Land betraten, verwandelten sie sich in zwei furchtbare Riesen. Similde erschrak. Die Riesen aber redeten ihr freundlich zu, indem sie sagten, sie habe ihnen Gutes getan und dafür wollten sie sich dankbar erweisen. Similde bat nun, sie möchten ihr den Weg nach Hause zeigen; denn die Sonne war am Untergehen und es mußte bald Nacht werden. Die Riesen erwiderten, daß sie den Bach nicht verlassen dürften und deshalb nicht mitgehen könnten; allein aber würde Similde durch den großen dunklen Wald nicht mehr zurückfinden; sie rieten ihr deshalb, ebenfalls an dem Bache zu bleiben; keine hundert Schritte weiter nordwärts befände sich ein verlassener Garten, „Pradàl" genannt, mit einer Hütte; da könnte sie wohnen; die beiden Riesen aber würden außerhalb des Gartenzaunes Wache halten, damit niemand einzudringen vermöchte.

Similde erklärte sich einverstanden, und die Riesen führten sie zu dem Garten; dieser war klein und ganz erfüllt von blauen und gelben Blumen; in der Mitte befand sich ein Häuschen von vier Ellen Höhe; die Tür war so niedrig, daß Similde sich bücken mußte, um einzutreten. Als sie wieder herauskam, sagten die Riesen:

„Nun fürchte dich nicht vor uns, denn wir sind deine Diener, und damit du sehest, welche Macht du über uns hast, wollen wir dich zwei Sprüche lehren, — den Maus-Spruch und den Riesen-Spruch; der erste verwandelt uns in Mäuse, der zweite wieder in Riesen."

Als nun Similde die beiden Sprüche gehört hatte, wiederholte sie gleich den ersten:

„Riesen, Riesen
gehet leise,
werdet wieder
kleine Mäuse!"

Alsbald verwandelten sich die mächtigen Riesen in zwei Mäuse, die sich auf die Steine setzten und so freundlich zu Similde emporschauten, daß diese lachen mußte.

Sie versuchte es nun mit dem andern Spruch:

„Leise leise
kommen Mäuse
und aus diesen
werden Riesen!"

Sofort standen die beiden Riesen da. Sie gingen dann vor den Zaun und legten sich ins Gras, um Wache zu halten. Similde fürchtete sich nicht mehr; sie begab sich in das Häuschen und übernachtete dort. Als sie aber am nächsten Morgen den Heimweg antreten wollte, da erklärten ihr die Riesen, das wäre einstweilen unmöglich; sie müßte warten, bis eine Lerche käme und sie riefe; diese Lerche würde ihr dann auch den Weg zeigen.

*

Similde fand sich darein und blieb. Es war eine große Stille in dem Garten Pradàl, die gelben und blauen Blumen blühten und abends erglänzten die Felsgipfel des nahen Hochgebirges in wunderbarer Pracht. Der Bach rauschte hinter einem kleinen Hügel leise vorüber und die Tage gingen dahin. Als genau siebenmal sieben Tage verstrichen waren, da sagten die Riesen, sie müßten nun fort; denn sie seien Wasserriesen und müßten wieder mit dem Bach talaus wandern, bis zum „Lê de Lîmis", jenem „See der Enden", wo jeder Fluß aufhört; es würden aber an ihrer Statt zwei Ritter kommen und die

Wache vor dem Garten übernehmen; allerdings kämen die Ritter erst am nächsten Morgen, aber Similde brauche sich nicht zu beunruhigen, denn niemand wisse es und niemand werde in den Garten eindringen. Die Riesen empfahlen ihr noch, mit den beiden Rittern nichts zu sprechen, und als es finster geworden war, entfernten sie sich. Similde wußte nun, daß ihrem Garten in dieser Nacht jegliche Bewachung fehlte, und es wurde ihr ein bißchen bang. Aber nachdem sie das Häuschen versperrt hatte und zur Ruhe gegangen war, schlief sie bald ein.

Gegen Mitternacht jedoch fuhr sie plötzlich aus dem Schlafe auf. Während sonst niemals etwas anderes zu hören gewesen war als das gedämpfte Rauschen des Baches, vernahm sie nun das Läuten einer kleinen Glocke. Der unbekannte Glockenträger kam aus dem Walde, näherte sich immer mehr und blieb endlich am Gartenzaun stehen. Similde hätte Angst empfunden, wenn der Ton des Glöckleins nicht so hell und lieblich gewesen wäre. Aber wer ein so freundliches Glöcklein trägt — dachte sie —, der kann nichts Böses vorhaben. Sachte erhob sie sich, trat zum Fenster und schaute hinaus. Der Mond schien hell und mit Verwunderung erkannte Similde, daß etwa dreißig Zwerge hinter dem Gartenzaun an der Hügelböschung standen. Sie waren in drei Gruppen geteilt, von denen jede einen Vormann hatte. Der erste Vormann hielt in der Hand eine silberne Glocke, der zweite trug eine seidene Fahne, der dritte eine große rote Rose.

Und der Glockenträger sprach: „Wir sind die Boten eines mächtigen Königs."

Darauf sangen die Zwerge ein Scharlied. In diesem priesen sie ihren König.

Nun sprach der Fahnenträger: „Unser König besitzt einen unvergleichlichen Rosengarten."

Und wieder sangen sie ein Scharlied; das galt dem Rosengarten; der Kehrreim aber lautete:

„swer in solde sehen an,
der muoste al sîn trûren lân."
(Wer ihn sehen sollte, der müßte
jede Traurigkeit vergessen.)

Dann sprach der Rosenträger: „Unser König sendet dir diese Blume aus seinem Garten."

Und zum drittenmal sangen sie ein Lied; darin hieß es, wie die Rose die herrlichste aller Blumen, so sei Similde das herrlichste aller Mädchen. Das Lied schloß mit den Worten:

„Eines nur liegt uns im Sinn:
werde unsre Königin!"

Darauf entfernten sie sich. Lange noch tönte die silberne Glocke aus dem tiefen, stillen Walde.

*

Similde schaute eine Zeitlang versunken hinaus; dann legte sie sich nieder und schlief traumlos bis zum hellen Tage.

Als sie nun in den Garten trat, fand sie am Zaune angeheftet die große, rote Rose. Vor dem Tore aber standen die beiden Ritter, die am frühen Morgen eingetroffen waren und den Wachdienst übernommen hatten. Sie redeten kein Wort, aber manchmal wechselten sie den Standplatz. Similde betrachtete sie schüchtern und unmerklich aus der Ferne: der eine schien ihr etwas Unheimliches in seinem Blick zu haben; auch mißfiel es ihr, daß er eine Schlange auf dem Schilde führte; der andere sah freundlich und vertrauenerweckend aus; dazu prangte auf seinem Schilde eine Lilie.

*

Similde nahm die große Rose vom Zaune und ging mit ihr in die Hütte. Nach einigen Stunden fielen die äußeren Blätter ab und aus der großen Rose wurde eine kleine. Diese aber hatte einen so starken Farbenglanz, daß man gleich ahnen konnte, sie müsse geheimnisvolle Kräfte besitzen. Und so war es auch. — Am Nachmittag weilte Similde in ihrem Garten hinter der Hütte. Da befand sich ein Weiher. An seinem Ufer stehend, erblickte Similde ihr Spiegelbild im Wasser, und wieder fiel ihr auf, daß die kleine Rose, die sie in der Hand hielt, ein merkwürdiges Leuchten ausstrahlte. Nachdem sie das lange betrachtet hatte, heftete sich Similde die kleine Rose an die rechte Schläfe. Das ergab nun ein seltsames Bild im Wasser: die kleine, feuerrote Rose umwob Similes Antlitz mit einem eigentümlichen Lichtschein.

Während Similde ganz verwundert auf ihr Spiegelbild hinuntersah, hörte sie draußen vor dem Tore schwere Schritte. Sie dachte, die beiden Ritter seien fortgegangen, und so wandelte sie um die Hütte herum bis zum Gartenzaune. Niemand war zu sehen; aber hinter einem Pfeiler stand der Lilienritter und Similde gewahrte ihn plötzlich, als sie den Zaun erreicht hatte. Sofort ging sie zurück. Der Ritter aber betrachtete sie staunend, denn er hatte die Rose bemerkt, welche Similde trug, und den seltsamen Lichtschein, den die Rose über Similes Antlitz verbreitete.

Am nächsten Morgen fand Similde in ihrem Garten ein Blatt, auf dem geschrieben stand:

Mädchen mit der roten Rose,
kamst so lieblich mir entgegen
und das helle Licht der Sonne
lag auf sommerwarmen Wegen.
Mädchen mit der roten Rose,
kamst so leuchtend auf mich zu —
und ich weiß nicht, was war schöner,
ob die Rose oder du!

Similde dachte sogleich, daß ihr diese Zeilen der Lilienritter gewidmet hatte. Sie trug das Blatt in die Hütte und legte die kleine, rote Rose dazu. —

*

In einer der folgenden Nächte hörte nun Similde, wie die beiden Ritter miteinander redeten. Der Schlangenritter erzählte ein von ihm bestandenes Abenteuer, wobei er durch tückische List seinen Gegner zu Fall gebracht hatte. Der Lilienritter aber war damit nicht einverstanden und meinte, die Frauen würden eine solche Handlungsweise tadeln. Doch der andere erwiderte höhnisch:

„Dû sagest mir von untriuwe:
ê ich verlür den lîp,
mir waere lieber schulden
mich alliu werdiu wîp!“
(Du sagst mir von Unehrlichkeit;
doch ehe ich den Leib verlöre,
da wär' mir lieber, tadelten
mich alle werten Frauen!)

(Aus „Alpharts Tod“)

Seitdem Similde den Schlangenritter diese Worte hatte sprechen hören, fürchtete sie sich vor ihm und vermied es, in seine Nähe zu kommen.

*

Und wiederum vergingen die Tage. Die hohen Gipfel schimmerten im Neuschnee und der Bach führte so wenig Wasser, daß man ihn kaum noch rauschen hörte. Eines Nachmittags bemerkte Similde, daß der Lilienritter allein am Tore stand. Sie wandelte durch die Blumenbeete und als sie zu dem Tore kam, konnte sie sich nicht enthalten, den Lilienritter zu fragen, was es denn bedeute, daß sein Gefährte sich entfernt habe.

„Er ist die Mausriesen holen gegangen“, erwiderte der Lilienritter; „wir werden jetzt abgelöst und gehen fort.“

„Ach, wenn ich doch auch einmal von hier fortgehen und nach Hause zurückkehren könnte, — mein Vater wird in großer Sorge sein“, versetzte Similde.

Während sie so sprach, sah sie schon den Schlangenritter mit den Mausriesen aus dem Walde kommen. Als der Lilienritter das gewahrte, wandte er sich noch einmal Similde zu und sagte schnell und halblaut: „Dein Vater soll einen Mairuf ergehen lassen; ich werde ihn verständigen.“

Similde konnte nichts mehr bemerken, denn finsterblickend trat nun der Schlangenritter zu seinem Gefährten und gab ihm einen Wink. Während die Mausriesen ihre Plätze einnahmen, schritten die zwei Ritter dem Walde zu, wobei sie einen Wortwechsel begannen. Einer der Mausriesen lachte darüber und als ihn Similde fragend anschaute, erwiderte er: „Den Schlangenritter verdrießt es, daß du nie mit ihm ein Wort gesprochen hast, wohl aber mit seinem Gefährten; ich sagte dir ja, daß du nicht reden solltest.“

Similde zog sich in die Hütte zurück.

•

Der ältere der beiden Riesen aber bemerkte nun, daß der Lilienritter seinen Schild am Zaune stehengelassen hatte. Darob verwunderte sich der Riese. Er hob den Schild auf, betrachtete ihn genau und plötzlich sagte er: „Welch ein Zusammentreffen! Diesen Schild kenne ich gut.“

Kaum hatte er so gesprochen, so kam der Lilienritter eilig zurück, um den Schild zu holen. Der Riese aber fragte: „Bist du nicht ein Sohn des Jarls von Thummathorp auf Skane?“

Erstaunt sah der Ritter den Riesen an und entgegnete: „Ja, freilich —, aber wie kannst du denn das wissen?“

„Ich erkenne es an dem Schilde“, antwortete der Riese, „und das kam so: Ich bin ein Wasserriese und lebte lange Zeit im Nordmeer, wo ich der Seefrau diente. Eines Tages — es mögen zwanzig oder fünfundzwanzig Jahre her sein — besuchte die Seefrau das Schloß des Jarls von Thummathorp, um dessen Kind aus der Wiege zu rauben und ein anderes hineinzulegen, wobei ich ihr helfen mußte. Mit einer Sturzsee drangen wir in das Schloß ein. Als die Seefrau die Kinder vertauscht hatte, legte ich das Kind des Jarls auf einen schönen Schild, der dort an der Wand hing, und wir kehrten zurück in unsere Meerbehausung. Von da schickte mich die Seefrau mit dem Kinde ins Bertangenland zu einer Edelfrau, die sich einen Findling erbeten hatte, weil sie kinderlos geblieben war. Dabei benützte ich denselben

Schild mit dem Lilienwappen von Thummathorp. Es ist dieser — und die Edelfrau im Bertangenlande muß dich aufgezogen haben."

„Im Bertangenlande, bei einer kinderlosen Edelfrau, bin ich aufgewachsen", versetzte der Lilienritter, „das ist vollkommen richtig; meine Pflegemutter erzählte mir auch, daß ich von Thummathorp gebürtig sei und daß dieser Schild meinem Vater gehöre. Wir wußten aber nicht wo Thummathorp liegt. Als ich sechzehn Jahre alt war, ritt ich in die Awentüre und gedachte Thummathorp zu suchen. Jedoch der Sturm verschlug mein Schiff, ich kam in ganz andere Länder und zuletzt in diese Berge. Von meinen Eltern habe ich nie mehr etwas erfahren."

„Höre!" sprach der Riese, „ich gehe bald wieder ins Meer; wenn ich nun an die Küste von Skane käme, könnte ich Thummathorp aufsuchen und deinen Eltern von dir berichten."

„Ja, tue das!" entgegnete der Lilienritter, „grüße sie von mir und sage ihnen, ich sei Burgwart bei einem Grafen im Etschland und es gehe mir sehr gut."

„Gerne will ich das besorgen", erwiderte der Riese. Dann drückten sie einander kräftig die Hand und der Ritter entfernte sich. —

Similde aber hatte dieses ganze Gespräch mit angehört und es freute sie zu wissen, wie es dem Lilienritter in seiner Kindheit ergangen war.

DIE MAIFAHRT

Es liegt an allen Wegen
so wonneweiche Pracht,
als wär' ein Blumenregen
gefallen über Nacht.

(Caroline Herrmannsdorfer)

Wieder blauten die langen Tage in Sonnenlust über den Berggipfeln. Da saß an einem klaren Morgen auf dem Zaune des Gartens Pradàl eine Lerche, die rief:

„Maibraut, Maibraut!
Der Bann ist aus!
Komm heraus!"

Sofort eilte Similde aus ihrem Häuschen ins Freie. Die Lerche aber flatterte zum Walde hinüber und setzte sich auf einen Zweig. Similde begriff nun, daß ihr die Lerche den Weg zeigen wollte. Und so war es auch; immer flog die Lerche voraus und Similde folgte ihr. Bald nach Mittag erblickte Similde in der Ferne ihr väterliches Schloß und zwei Stunden später erreichte sie es. Ihr Vater und der Lilienritter kamen ihr entgegen und begrüßten sie. Alsbald erfuhr Similde, daß man für sie einen Mairuf hatte ergehen lassen: von überall her würden Freier kommen, die sich um ihre Hand bewarben; mehrtägige Kampfspiele würden folgen und dem Ritter, der sich dabei am meisten bewähre, wolle ihr Vater sie als „Maibraut" anvermählen.

*

Ein grüner Plan in der Nähe des Schlosses wurde für die Kampfspiele vorbereitet und prachtvoll geschmückt. Similde und ihre Freundinnen erhielten einen besonderen, erhöhten Platz angewiesen, der umhegt und von einer riesigen Linde beschattet war. Alle Mädchen hatten sich festlich mit Blumen bekränzt; die jüngsten führten einen Reigen auf. Dann begannen die Kampfspiele der Männer; allerhand Reit- und Fechterkünste wurden da gezeigt. Am siebenten Tage waren nur noch zwei Bewerber übrig: der Lilienritter und der Schlangenritter! Diese beiden kämpften lange miteinander und keiner vermochte den Sieg zu erringen. Als die Sonne sich zur Rüste neigte, wurde der Kampf besonders heftig und in atemloser Spannung folgten die Zuschauer der aufregenden Handlung. Da gewann der Schlangenritter plötzlich einen Vorteil; Schritt für Schritt drängte er seinen Gegner bis unter den erhöhten Platz zurück, auf dem die Mädchen standen. Diese versuchten durch Zurufe dem Lilienritter Kraft zu geben. Schon sank die Sonne und ihre letzten Lichtfluten überhauchten den Schild des Lilienritters mit einem rosenroten Glanze. Similde winkte ihm freudig zu. Nun wehrte er den Gegner ab und ging wieder vor. Nur wenige Minuten konnte der Kampf noch dauern, denn nach Sonnenuntergang mußte er abgebrochen werden. Als aber die Spannung auf das Höchste gestiegen war, geschah etwas Niegesehenes: aus den Zweigen der Linde fielen Tausende von Blumen herunter; sie fielen auf den Plan, auf die Mädchen und auf die Kämpfer!

*

Da erhob sich der Schloßherr und erklärte die Kampfhandlung für diesen Tag als beendigt. Der Lilienritter und der Schlangenritter ließen voneinander ab und versorgten ihre Degen. Aber rings um sie herum war ein Durcheinander entstanden. Alle Anwesenden bückten sich nach den herabgefallenen Blumen: darunter gab es Rosen von wunderbarer Größe, ähnlich jener, welche die Zwerge nachts an den Zaun von Pradàl geheftet hatten. Ausrufe der Verwunderung erschollen. Dann entstand mit einem Male wieder eine neue Bewegung: man fragte und schaute hin und her und bei den Mädchen zeigte sich Bestürzung. Was war geschehen? — Der Schloßherr, von dem Lilienritter begleitet, ging mitten durch die Menge der Anwesenden hindurch und rief mehrmals den Namen seiner Tochter. Aber diese meldete sich nicht und niemand wußte, wo sie sein könnte.

Der Lilienritter hatte als erster bemerkt, daß Similde während des Blumenregens verschwunden war. Nun sahen es auch die anderen. Und alle fragten und suchten, aber niemand fand Bescheid. Da stieg plötzlich der Schlangenritter auf einen erhöhten Platz und sprach mit lauter Stimme:

„Sucht nicht weiter, denn ihr sucht umsonst; ich weiß, was sich ereignet hat; das Edelfräulein ist entrückt worden, und zwar von niemand anderem, als von dem Zwergenkönig Laurin, der hoch in den Bergen einen unvergleichlichen Rosengarten sein Eigen nennt; auch besitzt er eine Tarnkappe, mit der er sich unsichtbar machen kann; er muß es gewesen sein, der den Blumenregen veranstaltete und inzwischen das Edelfräulein entrückte; zweifellos hat er sie in seinen Rosengarten gebracht; es gilt nun, sie zu befreien!"

Da rief der Lilienritter: „So will ich gleich aufbrechen und morgen früh mit gewaffneter Hand in den Rosengarten eindringen."

*

Aber geringschätzig lächelnd entgegnete der Schlangenritter: „Welch eine Überheblichkeit! Niemals wirst du den König Laurin besiegen, der auf schwerzugänglichem Berge thront und über allerlei Zauberwaffen verfügt; Laurin besiegen, das kann nur einer, nämlich mein Lehensherr Dietrich von Berne; ihn zu verständigen eile ich jetzt fort; nur mit seiner Hilfe wird es möglich sein, Laurins Rosengarten einzunehmen und Similde zu befreien; jeder andere sei vor den roten Rosen des Zwergenkönigs gewarnt, denn sie würden ihm den Tod bereiten!"

Nachdem er so gesprochen, bestieg er sein Roß und sprengte in der Richtung gen Berne davon.

Ein Gemurmel ging durch die Menge der Anwesenden; viele staunten, manche pflichteten bei, ein Krieger in dunklem Panzer aber meinte, der Schlangenritter wisse wohl, warum er den König Laurin fürchte und den starken Dietrich von Berne gegen ihn zu Hilfe rufen wolle.

„Wie ist das?" fragten zwei Mädchen, die gerade vorbeigingen.

*

„Es handelt sich um die Boten", versetzte der Krieger; „vor nicht langer Zeit hat der Zwergenkönig Laurin drei Boten hergeschickt, die bei dem Schloßherrn um die Hand Simildens werben sollten; als der Schlangenritter davon erfuhr, wollte er verhindern, daß die Boten vorgelassen würden; der Schloßherr empfing sie dennoch, sie erreichten aber nichts; sehr niedergeschlagen entfernten sie sich; da ritt ihnen der Schlangenritter nach in den dunklen Wald; was dort geschehen ist, weiß man nicht, aber die Knechte munkeln von einem Überfall; dabei soll einer der Boten, Nîthart mit Namen, Mißhandlungen erlitten haben; dies wird wohl der Grund sein, weshalb der Schlangenritter sich nicht getraut, allein nach dem Rosengarten zu reiten; tatsächlich ist Laurin ein mächtiger König und ich würde es niemandem raten, in seinen Rosengarten einzubrechen."

Da schwang sich der Lilienritter, der in nächster Nähe gestanden hatte, auf sein Pferd und ritt davon mit den Worten:

„Ich will suchen die Rosen rot,
und sollte ich kommen in große Not!"

DER BERG VOLLER WUNDER

ze Tirol in dem tanne
dâ hât er erzogen zarten
einen Rôsengarten.

(Aus dem „Laurin D"; um 1300 *)

vor dem wald zu Tyrol
hat daz twerch eyn garten . . .
umb den czawn get eyn seidnfaden.

(Aus einer Handschrift des 15. Jahrhunderts)

Unsichtbar gemacht durch seine Tarnkappe und vieler Zauberkünste kundig, hatte Laurin die Jungfrau über Abgründe und Täler fort auf den fernen Berg entführt, der den Rosengarten trug. Wie staunte Similde, als sie sich plötzlich zwischen lachenden Beeten und Hainen sah, die in unbeschreiblicher Blumenfülle prangten.

Rose an Rose gedrängt
und Rosen bedeckten die Rosen **).

Die Anlagen zogen sich den Hang hinauf und waren bald eben, bald gestuft. Blumen jeder Art gab es hier, am häufigsten aber sah man große Rosen. Liebliche Quellen rieselten von den Felsen, die Luft war klar und eine unermeßliche Fernsicht entzückte das Auge, denn ringsum ausgebreitet mit Gipfelfluchten, Wald und Weiden lag das grüne Land der Berge in Farbenlust und Sonnenglanz.

Wenn Similde da herumging, entdeckte sie immer neue Schönheiten in dem Rosengarten:

Der Anger hatte Blüten viel:
da sah man solches Farbenspiel,
was man wünsch' und sinne auch,

---

*) Die von manchen Schriftstellern geäußerte Meinung, daß es im 13. Jahrhundert den Landes- und Herrschaftsbegriff „Tirol" noch nicht gegeben habe, wird widerlegt durch Otto Stolz („Begriff, Titel und Name des tirolischen Landes-Fürstentums in ihrer geschichtlichen Entstehung", in der „Festschrift zu Ehren Emil v. Ottenthals", 1925, Nr. 9 der „Schlern-Schriften", Innsbruck). Schon im Jahre 1256 wird von der „Comecia Tyrolis" (der Grafschaft Tirol) als von einem einheitlichen Herrschaftsgebiet gesprochen.

**) Anton Gassauer im „Bozner Jahrbuch" 1924.

und Duft stieg auf in süßem Hauch.
Was an Vögeln klingt und singt,
hier gab es alle buntbeschwingt,
daß es einem Wunder glich:
jeder Vogel sang für sich,
daß durcheinander klang der Hall
auf dem Anger überall.
Und seltsamer Tiere viel
trieben hier ein muntres Spiel:
gezähmt waren diese
gewöhnt auf die Wiese! *)

*

Der Garten war ein Wunder
mit seiner Rosenpracht;
sein süßer Duft erfüllte
das Tal bei Tag und Nacht!
Ein ganzer Wald von Rosen
an Schönheit wunderbar
verblühte und erblühte
darin das ganze Jahr.
Viel bunte Falter schwärmten
im Garten hin und her
sie flatterten und forschten,
welch Röslein schöner wär'?
Und um die Rosen tanzten
viel schöne Käferlein,
und schliefen, Süßes träumend,
im Duft der Blumen ein.
Aus immergrünen Büschen
ertönte Vogelsang,
gar wonnesam und lieblich
an Ohr und Herz er klang.
Und Wässerlein und Quellen
so rein, so hell und klar,

---

*) Wiedergegeben nach L. Freytag „Die Paradies-Sage in den Alpen" (Zeitschrift des Alpenvereins 1879, S. 349).

Gefangennahme Laurins.

Hildebrand u. Dietlieb tödten die Zwerge.

die murmelten und rauschten
im Garten wunderbar.
Gar milde Lüfte wehten
da leise hin und her,
als ob da immer Frühling
und nimmer Wechsel wär'.
Und kam ein müder Wand'rer
dem Rosengarten nah',
er wollte nimmer weiter,
so wohl ihm da geschah.

(Gottlieb Putz, Meran)

Überall aus den Spalten und Klüften kamen kleine Leute heraus, die sich Simílde zu Diensten stellten. Sie erwiesen ihr die höchsten Ehren, bewunderten sie und nannten sie

„daz aller schoenste megetîn *),
daz in der welde möhte sîn".

(Aus der „Virginal")

Die Zwerge erzählten ihr auch viel von dem Herrn des Rosengartens, der nichts ersehne, als ihre Huld zu gewinnen. Jeden Morgen sandte

---

Gottlieb Putz, geboren 1818 zu Meran, besuchte dortselbst das Gymnasium (wo Beda Weber sein Lehrer war) und studierte dann Heilkunde an der Wiener Universität. In seine Vaterstadt zurückgekehrt, wirkte er hier als Arzt, Bürgermeister und Kurvorsteher. Die Stadt ernannte ihn zum Ehrenbüger. Er beschäftigte sich viel mit lyrischer Dichtung und besonders mit der Laurin-Sage. Sein „König Laurin" erschien zuerst 1868 bei Wagner in Innsbruck und der Altmeister der Tiroler Germanistik, I. v. Zingerle, verfaßte dazu eine bemerkenswerte „Einleitung". In dieser heißt es u. a.: „Er (Putz) ging von der richtigen Ansicht aus, daß, wenn die alten Heldensagen wieder dem Volke nähergebracht werden sollten, dies nicht durch treue Übersetzung, sondern nur durch freie Nachdichtung erreicht werden könne" (S. 17). Was aber den heimatlichen Wert solcher Nachdichtungen anbelangt, äußerte sich Zingerle wie folgt: „Die Wiederbelebung der alten Märe kann den landschaftlichen Zauber ... nur erhöhen" (S. 18). — Das „Märchen", welches Zingerle seiner Laurin-Bearbeitung vorausgestellt hat, ist wiederholt mißverstanden und irrtümlich als Quelle benützt worden. Erst J. v. Lunzer hat richtig erkannt, daß es sich dabei nur um eine politische Auseinandersetzung handelt. Das von Putz verfaßte Laurin-Epos wurde dann noch einmal in dem Sammelbande „Blätter, Blüten, Früchte" bei Poetzelberger in Meran 1886 veröffentlicht. (Die Einleitung von Zingerle fehlt hier.) — Nach dem Erscheinen dieses Sammelbandes ist Gottlieb Putz im Dezember 1886 in Meran verschieden.

*) megetîn = Mägdelein.

er ihr Geschenke und eines Tages kam er selbst und verneigte sich vor ihr.

Dô sprach diu maget reine:
„wie bist du denne sô kleine?
sage mir den namen dîn:
wie maht du geheizen sîn?" —
„Man sprichet mir, maget schône,
künec Laurin mit der krône,
die erfochten hât mîn hant;
min name wîte ist erkant." **)

(Aus dem „Laurin D"; um 1300)

Do sprach das schöne magetlein:
„bist du dann nun ein König, Herre?
so sag mir hie durch all dein ehre:
gabe mich dir der bruder mein,
so will ich gerne bei dir sein —
und ist das nicht also gethan,
so wil ich all mein freud hie lan." ***)

(Aus dem Nürnberger Druck von Friedrich Gutknecht; um 1540)

Laurin überbot sich, um Similde den Aufenthalt in dem Rosengarten wonnesam zu gestalten. Similde jedoch erkannte mit Verwunderung, daß sie nirgends ein Tor sah und daß niemals von außen jemand hereinkam. Der Rosengarten war umhegt, wie eine Welt für sich. Nach drei Tagen fragte Similde einen der Zwerge, ob denn der Rosengarten verschlossen sei. Darauf erwiderte ihr der Zwerg, daß niemand in den Rosengarten eingelassen werde; nur wenn ein Sänger käme, der Lied und Weise vortragen wolle, so dürfe er in die äußeren Haine des Rosengartens eintreten; verschlossen jedoch sei der Rosengarten nicht, sondern nur von einem Seidenfaden rings umzogen.

Wiederholt versuchte nun Similde den Rosengarten zu verlassen; aber jedesmal, wenn sie an den Seidenfaden kam, wußte es der König, war gleich zur Stelle und führte sie lächelnd wieder zurück. Dann setzte er sich irgendwo in einen dichten Hag und schaute ihr unbemerkt zu, wie sie umherwandelte und die herrlichen Rosen betrachtete.

**) wîte = weit.
***) lan = lassen.

Das war seine einzige Freude.

Sieht mit Rosen sich umgeben,
selbst wie eine Rose jung.
Einen Blick, geliebtes Leben!
Und ich bin belohnt genung.

(Goethe)

DIE ROSENMÜHLE

Die süßen Düfte gleiten
durchs Land in lindem Lauf,
es blühn die alten Zeiten
aus jungen Rosen auf.

(Gisela Freiin v. Berger)

Ein uralter Weg, den die Öfesser *) als „Tròy de Röses" (d. h. Rosenpfad) bezeichneten, führt vom Karerpaß durch den Nigerwald ins Tierser Tal und weiter fort nach Norden. Eines Nachmittags, als die gewaltige Kette des Rosengarten-Gebirges in voller Sonnenpracht über dem Niger stand, kam auf jenem Wege der Lilienritter einhergesprengt. Er hatte sich bemüht, einen Zugang zu Laurins Rosengarten zu finden, aber es war ihm nicht gelungen: immer wenn er schon glaubte, am Ziel zu sein, hatten sich unersteigliche Felswände vor ihm erhoben und ihn zur Umkehr gezwungen. Im Gedenken an Similde trabte er vom Niger durch den dunklen Wald hinunter.

Durch Fels und Eis und Aue
steig ich herab zu Tal
und grüß' dich, holde Fraue,
herzinnig tausendmal!

(August Sturm)

---

*) Oefes, Oevas ist die alte deutsche Bezeichnung des Fassatales; Oefesser nannte man die Bewohner (der Ton ruht auf dem Oe).

Als der Lilienritter nun in die Nähe des Wildwassers gekommen war, das von dem hohen Rosengarten ins Tierser Tal herunterströmt, vernahm er plötzlich hellen Gesang von kleinen Vögeln; es mußten ihrer Hunderte sein. Ihr Gesang erschien ihm so schön und so seltsam, daß er lange zuhörte. Dann kam er auf sonnige Wiesen hinaus, wo eine alte Hirtin Lämmer hütete. Er fragte sie, ob in der Waldschlucht immer so viele Vögel sängen.

„Ich habe sie schon lange nicht mehr gehört", versetzte die Hirtin, „aber heute singen sie wieder; da könnte man die Mühle finden und in Gang bringen; das wäre ein großes Glück."

Es kam ein dunkles Abendrot,
viel arme Leute schrien nach Brot.
Mahle, Mühle, mahle!

(Richard Dehmel)

„Was ist das für eine Mühle?" fragte der Ritter.

„Es ist eine verzauberte Mühle, die schon seit vielen Jahren nicht mehr geht", erwiderte die Frau; „die Mühle soll von Zwergen bedient worden sein und einem mächtigen Fürsten gehört haben, der hier Mehl für die armen Leute mahlen und verschenken ließ; aber es drängten sich auch solche herbei, die es nicht nötig gehabt hätten; da wurde viel gestritten, die Leute schlugen einander und einmal warfen sie sogar einen der Zwerge ins Wasser, weil er ihnen nicht genug Mehl ausgeteilt hatte; seitdem steht die Mühle still und so lange ich denke, hat sie auch niemand mehr gesehen; aber wenn die Vögel singen, soll man die Mühle finden können, sie steht ganz tief in dem waldigen Tobel, ist fest verschlossen, so daß man die Tür nicht öffnen kann, und auch das Rad geht nicht mehr; man nennt sie die „Rosenmühle", weil in der Umgebung viele Heckenrosen wachsen." *)

Als der Ritter diese Worte vernommen hatte, eilte er wieder in den Wald zurück, um sich die geheimnisvolle Mühle anzusehen. Nach kurzem Suchen fand er sie. Auf ihrem Dache wucherte Moos, die Holzwände waren fast schwarz und das Rad stand still. Waldbäume erhoben sich ringsumher in dichter Menge und wer nichts gewußt hätte, wäre vorübergegangen, ohne die Mühle zu bemerken. Umsonst versuchte der Ritter die Türe aufzusperren; das Schloß gab

---

*) Diese Mühlsage muß uralt sein, denn sie findet sich auch im Oberwallis. In Gestelen — so heißt es dort — hat der letzte Zwerg auf einer Steintreppe die Spur seines Trittes hinterlassen. Er versah eine Mühle, zog aber fort, weil ihn die Leute grob und ungerecht behandelt hatten. (So nach Theodor Vernaleken „Alpensagen", Wien 1858; neu herausgegeben von Hermann Burg, Salzburg, 1938, Seite 124.) Die Sage war im Fassatale mehrfach verörtlicht.

nicht nach. Aber hoch oben in der Blockwand zeigte sich ein kleines Fenster. Um hineinschauen zu können, mußte sich der Ritter auf den Rücken seines Pferdes stellen. Als er nun in den matterleuchteten Raum hineinsah, gewahrte er sieben Zwerge, die da umherlagen und schliefen. Durch Rufen und Pochen versuchte der Ritter die Zwerge zu wecken, was ihm aber nicht gelang. Schließlich entfernte er sich und ritt wieder auf die Wiesen hinaus. Schon lagen die Wälder im Schatten und strahlend spielte der Abendschein um das Hochgebirge, auf dem der zauberische Rosengarten leuchtete und prangte.

•

Am anderen Morgen stieg der Ritter auf eine Höhe über der Waldschlucht. Da standen drei Sträucher von Heckenrosen. Als der Ritter zu dem ersten Strauche kam, nahm er sich eine von den Blüten. Sofort stieg eine Elfe aus dem Strauche und rief mit erhobenen Händen:

„Bring mir eine von den Rosen aus der guten, alten Zeit!"

„Gerne täte ich es", versetzte der Ritter, „aber wo finde ich solch' eine Rose?"

„Dann muß ich wieder in den Berg zurück", sagte die Elfe und verschwand.

Der Ritter ging zu dem zweiten Strauche. Als er aber auch dort eine Blume pflückte, geschah dasselbe. Nun versuchte er es beim dritten Strauche: Wieder stieg eine Elfe herauf, doch diese fragte bloß:

„Warum pochst du an unsere Tore?"

„Ich suche den Eingang in König Laurins Rosengarten". erwiderte der Ritter.

„In den Rosengarten darf nur eintreten, wer ein Kind ist oder ein Sänger", bemerkte die Elfe; „wenn du ein Lied vortragen willst, steht dir der Eintritt in den Rosengarten frei."

Da fiel dem Ritter ein, daß er beim Anblicke Simildes verschiedene Lieder gemacht hatte — damals, als er vor dem Tore des Gartens Pradàl Wache hielt. Also sagte er:

„Ja! — Ich möchte ein Lied vortragen."

„Dann komm' mit mir", versetzte die Elfe. Sie pflückte noch rasch einige von den Heckenrosen und ging voraus in die Schlucht hinunter. Der Ritter folgte ihr nach. Bald hatten sie die Mühle erreicht, deren Türe aufsprang, als die Elfe sich ihr näherte. In dem Raume der Mühle sah man die Zwerge, die regungslos umherlagen. Aber die Elfe streichelte dem nächsten mit ihrem Blumenstrauße das Gesicht und rief:

„Auf, ihr Schläfer, die jungen Rosen blühen wieder!"

Da erwachten die Zwerge und erhoben sich langsam, wie Leute, die lange geschlafen haben. Dann aber setzten sie sofort das Mühlwerk in Bewegung und fingen an fieberhaft zu arbeiten.

*

Die Elfe führte indessen den Ritter in das Kellergeschoß, von wo sich ein Gang in den Berg hinein erstreckte. Sie gingen aber nur unter einer Felsrippe hindurch und standen bald wieder im Freien. Plötzlich gewannen sie über eine Talsenkung hinüber einen herrlichen Ausblick auf den Garten des Königs Laurin mit seinen lieblichen Baumgruppen, seinen bunten Beeten und seinen in purpurner Fülle sich drängenden Rosen.

Endlich gelangten die beiden an den Rand einer unübersteiglichen Felsenkluft. Auf der anderen Seite lag der Rosengarten und eine dichte Hecke von weißblühendem Alpenrosen-Gebüsch friedete ihn ein *). Um die Hecke lief ein vergoldeter Seidenfaden.

Ein lichtes golddurchwirktes Band
hielt all die Herrlichkeit umspannt;
nur Vogelsang und Rosenduft
durchdrang noch weit umher die Luft.

(Marie Schmidt)

Die Elfe blieb stehen und sagte:

„Weiter kommen wir nicht: nun magst du dein Lied vernehmen lassen."

Der Ritter aber versetzte: „Wie gelange ich in den Rosengarten? — Ich möchte mit Similde sprechen."

„Den Seidenfaden darfst du nicht überschreiten", entgegnete die Elfe, „aber das Innerste des Rosengartens liegt vor dir offen; sprich und Similde wird jedes Wort hören."

Da entschloß sich der Ritter, eines seiner Lieder vorzutragen; es lautete:

---

*) „Der Volksglaube ließ sie (die weißen Alpenrosen) mit einem Wall schneeiger Blüten den Rosengarten Laurins schirmen." (Franz Wichmann: „Alpenrosen", in der Berliner „Woche", Nr. 25 vom 18. Juni 1910, S. 1049.) — Ebenso schreibt Dr. Hans Kiene: „Aus weißen Alpenrosen ist die dichte Hecke, die König Laurins Rosengarten umgibt". (In den Bozner „Dolomiten", Nr. 69 vom 11. Juni 1938.) — Die ursprüngliche Quelle dieser Auffassung ist mir bis jetzt unbekannt.

Komm' heraus du junge Schöne,
gib mir deine weiße Hand,
und ich führ' dich in den Frühling,
in das aufgeblühte Land.
Wie die neuerwachte Erde
lichterfroh der Lenz umfreit,
so will ich in Lob und Liedern
preisen deine Herrlichkeit.
Und die ersten roten Rosen
leg' ich dir zu Füßen hin,
daß du gnädig sie erhebest,
meine schöne Königin!

•

Es erschien nun S i n t r a m, einer der Vertrauten des Königs Laurin. Er begrüßte den Ritter und dankte ihm für das Lied. Der Ritter aber nahm die Gelegenheit wahr, um vorwurfsvoll zu fragen, mit welchem Recht Similde entführt und hierher in Gefangenschaft gebracht worden sei. Darauf erwiderte Sintram:

„Mein König hält sie hoch in Ehren, aber daß er sie entrückt hat, geschah nicht ohne Grund; schweres Unrecht ist meinem König widerfahren; als er zu Similden Vater Boten schickte und um die Hand der Jungfrau werben ließ, hat man die Boten schlecht behandelt."

„Davon weiß ich kein Wort", bemerkte der Ritter.

„Das glaub' ich dir", entgegnete Sintram; „der Täter war ein Krieger namens W i t t e g e, der eine Schlange auf dem Schilde führt; als ihr dann später eine Maifahrt vorbereiten und einen Mairuf ergehen ließet, Similldes Vater mit dir und Wittege, da wurde mein König nicht geladen; er kam aber doch und holte sich aus eurer Mitte heraus die heißumstrittene Maibraut; und nun höre, mein König läßt dir sagen: wenn Similldes Vater seinen Mairuf in Bälde wiederholen will und wenn er dabei auf Gerechtigkeit und auf ritterliche Sitten hält, so wird mein König Similde freigeben und zu dem Waffenspiel erscheinen."

Darauf reichte Sintram dem Lilienritter die Hand und verabschiedete sich. Der Ritter aber mußte anerkennen, daß die Zwerge nicht ohne Berechtigung erbittert waren; er beschloß daher, zu Similldes Vater zurückzukehren, um ihm zu berichten. Die Elfe führte ihn wieder durch den Felsengang zu der Mühle und hier verschwand sie. In der Mühle aber herrschte reges Leben: die Zwerge hatten das

Triebwerk in Gang gesetzt und schon viele Säcke Mehl gemahlen. Eine Zeitlang schaute der Ritter dem geschäftigen Treiben der kleinen Leute zu. Dann ging er aus der Waldschlucht auf die Wiesen hinaus. Es dunkelte schon und man sah nur das Leuchten der Heckenrosen, deren Knospen an diesem Tage sämtlich aufgegangen waren *).

Der Ritter holte sein Pferd und trabte langsam zwischen den am Wegrande zerstreuten Hütten talaus. Da hörte er in der Stille der Nacht durch ein offenes Fenster, wie eine Frauenstimme rief:

„Kinder, Kinder — die Rosenmühle geht wieder; ich höre sie klappern; die Not ist zu Ende; jetzt kommen wieder gute Zeiten für die armen Leute!"

---

*) Diesen schnellebigen Hecken- oder Wildrosen hat Paul Tschurtschenthaler (Bruneck) folgende Reime gewidmet:

Flatterröslein, ei, wie schnelle
ist der Tag dahin!
Aufgeblüht in Morgenhelle
und bei frischer, junger Quelle
und mit frohem Sinn,
küßt dir rasch den Tau vom Munde,
eh' du dich versehen,
schon die goldne Mittagstunde
und du lächelst so gesunde,
läßt es gern geschehen. —
Kommt der wunderstille Abend,
ist das Röslein, ach, so müd;
noch am Glockenklang sich labend,
dann ins Blütenbett sich grabend
ist es schon verblüht!

(„Schlern" 1928, S. 292)

DIETRICHS HOFHALTUNG

Du sagest mir ein maere
von dem Bernaere:
da von ich vil hân vernomen
mir ist liep daz du her bist komen.

(Aus dem „Laurin A")

Zu Berne, in der sonnigen Stadt, wo die letzten Ausläufer der Alpen den Rand des Tieflandes umsäumen, hielt König Dietrich glänzend Hof. Stolz waren seine Bauten, unerschöpflich seine Reichtümer, weitum bekannt seine Kriegstaten und Siege. Des Königs Waffenmeister hieß Hildebrant; er war von Garte und ein gar weiser Mann. Dietrichs Recken aber hießen Wylfinge und überall pries man sie als unvergleichliche Berserker.

sie gerten zallen zîten
niht anders denne strîten *).

Der stärkste und gewaltigste Weigand war der König selbst. Aber nach ihm galt Wolfhart als der baldeste und man nannte ihn den „wüetunden", weil er im Kampfe wie rasend um sich schlug **).

Da geschah es eines Tages, daß ein fremder Krieger einritt und in die Schar der Wylfinge aufgenommen zu werden wünschte. Er nannte sich Dietleib und führte das Meerwunder auf seinem Schilde. Man geleitete ihn zu Hildebrant und dieser beauftragte Wolfhart, mit dem Fremden zunächst einmal zu fechten, damit man sähe, was er wert sei. Sie ritten auf einen Anger am Etschufer und kreuzten dort die Klingen. Wolfhart erkannte gleich, daß der Fremde würdig war, ein Waffenbruder der Berner zu werden, denn er schlug sich glänzend. Eine Stunde lang fochten sie, daß es weithin über die Etsch erklang und viele Leute herbeiliefen, um diesem Holmgange ***) zuzuschauen.

Als sie heimgekehrt waren, da sagte Wolfhart zu Hildebrant: „Nimm ihn! Er ist ein Meister mit der Klinge und auch den Schild weiß er so zu führen, daß man ihm nirgends beikommt; aber noch etwas: ich schmettere doch sonst immer drauflos, als ob ich jedem

---

*) Sie begehrten zu allen Zeiten nichts anderes als Streiten.

**) Berserker = auserlesener Weihekrieger; Weigand = Kämpfer der baldeste = verwegenste.

***) Holmgang = Zweikampf.

gleich den Schädel spalten wollte; doch bei diesem Dietleib zuckte ich im letzten Augenblick immer unbewußt zurück und konnte nicht so ganz ernst machen; er muß irgendeinen Zauber an sich haben, vielleicht in dem Wappen auf dem Schilde; alles in allem:

„ez ist ein degen hêrlich!" *)

Auf das hin hieß Hildebrant den Fremden willkommen und lud ihn ein, den Helm abzunehmen. Aber Dietleib lehnte das ab, indem er sagte, er werde nie den Helm abnehmen, weil er unerkannt bleiben wolle. Hildebrant und Wolfhart wunderten sich darüber, meinten aber schließlich, wenn Dietleib ungesehen zu bleiben wünsche, so könne man ihm das ja gönnen; er sei dann eben ein verlarvter Krieger, ein „Walapautz" **), und diese wären oft die besten; er möge gleich den Eid ablegen und dann sei er Mitglied der Wylfingenschar. Aber nun erklärte Dietleib, auch nicht schwören zu wollen. Da lachte Hildebrant und meinte, es wäre doch am besten, ihn gleich fortzuschicken. Wolfhart aber war dagegen: „Nein!" sagte er, „behalte ihn; er hat so etwas Angenehmes und wird uns ein guter Selle werden ***).

Also wurde Dietleib vor den König geführt, den es heiter stimmte, als er hörte, daß der Neuaufzunehmende weder den Helm ablegen, noch schwören wollte. „Du bist ein seltsamer Bruder", sagte der König, „und wie deine Stimme erkennen läßt, noch ein sehr junger; aber dir kann niemand gram sein, und so gebe ich Wolfhart recht: ob mit oder ohne Eid — du bist aufgenommen!"

Dietleib dankte dem König und versicherte, daß er sich immer gut halten werde, auch ohne Eid. Dann wurde er an Wolfhart gewiesen, der sein unmittelbarer Vorgesetzter sein sollte. Wolfhart übernahm das mit Freuden. —

*

Und wiederum ereignete sich's, daß ein fremder Edeling nach Berne kam, aber nicht um in die Wylfingerschar einzutreten, sondern um König Dietrich und seine Mannen zu einem Waffengang herauszufordern. Der Bote nannte sich S a b i n, war ein Herzog von Brabant und handelte im Auftrage der Prinzessin Kriemhilt, die zu Worms am Rhein einen herrlichen Garten besaß.

Ez hat diu schoene Kriemhilt, sît daz sie ein kindel was
gezieret einen anger, darinne daz grüene gras,

---

*) Degen = Ritter.

**) Walapautz bedeutet „Geist des Schlachtfeldes) und findet sich als Bezeichnung für verlarvte Krieger in Rotharis Edikt (XXXI).

***) Selle = Genosse, Waffenbruder.

mit mûren und mit zinnen, einen halben mîlen breit
darinne die liehten rôsen und bluomen vil gemeit *).

(Aus dem „Rosengarten D")

Zur Bewachung dieses Gartens hatte die Prinzessin ihren Bräutigam Siegfried und elf andere auserwählte Helden bestellt; sie sollten den Garten beschirmen und niemanden hineinlassen.

Die recken wellen mit triuwen **)
der rôsen pfleger sîn:
trutze und widertrutze
daz keiner kume darîn!

(Aus dem „Rosengarten A")

Nun wollte die Prinzessin diese zwölf Hüter mit zwölf Recken vom Berner Hofe kämpfen lassen, wobei sie sagte:

si süln wie diû kinder spiln
in den rôsen rôt,
ie zwêne mit ein ander!

Insbesondere aber lag ihr daran, ihren Bräutigam Siegfried dem berühmten König Dietrich gegenüberzustellen; denn sie zweifelte nicht, daß Siegfried ihn besiegen würde. Dietrich fand beides unschön; ihm behagte die Aufforderung zum Turnier nicht und auch nicht die Anmaßung, der sie entsprang. Er zeigte deshalb keine Geneigtheit, auf die Sache einzugehen, und sagte zu seinem Gefolge nur so leichthin:

sie wolden uns gerne reizen
gein Wormze an den Rîn.

Weil aber die meisten Wylfinge gleich Feuer und Flamme dafür waren, so wollte er ihnen die Freude nicht verderben und beauftragte Hildebrant, die zwölf Mannen zu bestimmen, die jenen der Prinzessin im Zwölfkampf entgegentreten sollten. Dabei ergaben sich Schwierigkeiten. Daß König Dietrich an der Spitze stehen mußte, war selbstverständlich, denn außer ihm hätte es wohl keiner wagen dürfen, sich mit dem gewaltigen Siegfried zu messen. Auch zehn weitere Recken hatte Hildebrant bald ausfindig gemacht, aber es fehlte ihm noch ein

---

*) gemeit = froh, stattlich; in diesem Falle soviel wie „schön".
**) mit triuwen = mit Treue.

elfter. Sabin, der Bote, sagte, daß dieser elfte mit Walther von dem Wasgenstein zusammenstoßen würde, denn so wäre es an der Reihe. Hildebrant wußte, daß dieser Walther ein ausgezeichneter Fechter sei, und weil auf der Seite der Berner nur mehr Dietleib zur Verfügung stand, so zögerte Hildebrant mit dem Beschluß. Endlich fragte Dietrich, ob die Auswahl getroffen sei, worauf Hildebrant zweifelnd erwiderte:

hülf uns der degen junge,
vil lieber herre mîn,
so möhten wir mit vröuden
wol rîten an den Rîn!

Mit dem „jungen Degen" meinte er Dietleib, dem er es offenbar nicht recht zutraute, gegen Walther standhalten zu können. Da nun aber Wolfhart warm für Dietleib eintrat, so wurde dieser zum Kampfe mit Walther bestimmt.

•

Sehr befriedigt entfernte sich der Bote und einige Tage später brachen die Berner auf. Wolfhart war in besonders guter Stimmung; er sprengte auf und ab und rief immer wieder:

wir süln nach rôsen rîten
gein Wormze an den Rîn.

In Worms wurden die Berner mit großen Ehrungen empfangen und der Zwölfkampf in dem Garten nahm einen glänzenden Verlauf. Unter einer breitästigen Linde saß die Prinzessin Kriemhilt mit ihren Gästen und Freundinnen, um den Fechtern zuzuschauen.

Als Dietleib und Walther antraten, hatte Dietleib, der Hitze wegen, seinen Helmsturz ein wenig geöffnet. Walther sah das bartlose Gesicht seines Gegners und rief ihm geringschätzig zu, daß er ja noch gar nicht zu einem Manne gereift sei. Einige Zuschauerinnen lachten. Dietleib indessen nahm davon nicht die geringste Kenntnis, sondern stellte sich ruhig zum Kampfe. Sein goldfarbener Schild mit dem Meerwunder blitzte prächtig im Sonnenschein. Der Kampf zog sich stundenlang hin, denn Walther tat sein Bestes; aber Dietleib schlug mit unerhörter Gewandtheit alle Hiebe ab und ging endlich selber zum Angriff über. Als die Sonne sank, blieb Dietleib Sieger. Ein Beifallssturm belohnte den „Jungen"; dieser jedoch nickte nur und ging wie teilnahmslos ruhig zu seinem Platze.

Nacheinander, Tag für Tag, traten die Kämpferpaare in den Ring, und die Berner bedeckten sich mit Ruhm. Nur Wittege handelte unritterlich, denn als er seinen Gegner überwunden hatte und die

Prinzessin ihm zurief, er möge nun einhalten, da stellte er sich taub und tötete den Besiegten:

ûf stuont diu schoene Kriemhilt,
si sprach: „gip mir den degen“;
er tete, als er's niht hôrte,
unz *) er im nam daz leben.

Nun blieben nur noch Siegfried und Dietrich übrig, und die Spannung stieg zum höchsten Grade. Denn trotz aller vorherigen Erfolge der Berner hätten sie doch als Geschlagene abziehen müssen, wenn ihr König unterlegen wäre. Dietrich aber hatte wenig Lust zum Kampfe; er schien ihn vermeiden zu wollen und rührte sich nicht, bis ihm Hildebrant zurief:

sich ane die schoenen vrouwen,
geborn an dem Rîn,
si sitzent under der linden
und spottent alle dîn **).

Auf das hin mußte denn auch der friedfertige Dietrich zum Zweikampfe antreten. Dieser gestaltete sich außerordentlich aufregend für die Zuschauer, denn Siegfried leistete förmliche Wunder an Kraft und Fechterkünsten, so daß der Ausgang lange zweifelhaft schien. Erst als Dietrich in Zorn geraten war, entwickelte sich seine volle Stärke und er gewann mehr und mehr die Oberhand, bis er schließlich siegte. —
So endigte der Waffengang bei der Prinzessin Kriemhilt; die Berner und ihr König aber stiegen zu Roß und ritten heimwärts an die Etsch!

*

Und von kühnen Heldentaten
so vollbracht an fremdem Strande
soll die Kunde sich verbreiten
über alle nordischen Lande.

(Henrik Ibsen)

Wieder einmal saßen die Wylfinge beisammen und in der Fürstenhalle zu Berne sprach man von Krieg und Abenteuern. Da wurde ein Gast hereingeführt, dessen Wappen eine Lilie zeigte. Er nannte sich Hartwig, kam aus Tirol und erbat sich Dietrichs Hilfe, indem er sagte, seine Braut, Simílde mit Namen, sei von dem Zwergen-

---

*) unz = bis.
**) siehe ane = sieh' an; dîn = deiner.

könig Laurin entführt und auf einen unzugänglichen Berg hinaufgeschleppt worden, wo er sie in einem Rosengarten gefangen halte. Zwar habe sich Laurin bereit erklärt, die Jungfrau wieder freizugeben, wenn ihr Vater ein Waffenspiel veranstalten und Laurin dazu einladen würde; der Vater sei jedoch empört und wolle nichts davon wissen.

Sogleich ergriff Wittege das Wort, bestätigte die Angaben Hartwigs und meinte, es gäbe kein nennenswertes Abenteuer, das König Dietrich nicht schon bestanden hätte; nur in dem Rosengarten des Zwergenkönigs Laurin sei er noch nie gewesen. Er möge nun sein gutes Schwert ziehen, um Similde zu befreien; die Sache sei an sich nicht schwierig, denn in den Rosengarten einzudringen und den Zwergenkönig zu besiegen, wäre doch für Dietrich nur ein Kinderspiel. So sprach Wittege.

*

Doch da mischte sich der alte Waffenmeister Hildebrant ein und bemerkte, man solle Laurin nicht unterschätzen, denn er besitze geheimnisvolle Zauberwaffen, nämlich einen Stärkegürtel, der ihm Zwölf-Männer-Kraft verleihe, eine undurchdringliche Brünne und eine Tarn- oder Nebelkappe; auch gebiete er über einen hohlen Berg, wo im Falle eines Kampfes alle Vorteile auf seiten der Zwerge wären, so daß der Eindringling alsbald in eine gefährliche Lage käme:

„er kumt in angest und in nôt,
si slahent manegen (recken) tôt."

(Aus dem „Laurin A")

Der Tiroler Rosengarten aber, den Laurin nicht umsonst mit größter Umsicht pflegen und bewachen lasse, gehöre zu dem Schönsten, was man irgendwo sehen könne; ringsum sei dieser Garten mit einem Seidenfaden umzogen, und wehe jedem, der den Faden berühren sollte, — sofort wäre Laurin zur Stelle, um den Gegner anzugreifen und niederzuschlagen.

„Wie ich euch wissen lassen will,
so hat er auch einen Garten,
Winter und Sommer voll großer Rosen,
die sind reizend und sehr schön, —
wer Lust hat, kann sie selber sehn."

(Aus dem dänischen Laurin-Liede) *)

---

*) Die Stelle lautet in der Handschrift aus dem 15. Jahrhundert:

Som jech will lade eder forstaa,
han hawer och jen örter gordh,
winter och somer medh roser stor,
ther foger aer och myghet skiöne,
hwem som lyster, han maa thet rönae.

(„Dvergekongen Lavrin", 82—86)

Zum Gefolge des Königs Laurin — so erklärte Hildebrant weiter — solle neuerdings auch eine Schildjungfrau gehören, von der es heiße, sie gebe ihm treffliche Ratschläge und sie habe ihm auch den Rosengarten in wundervoller Weise ganz neu gestaltet.

•

Dietrich, der bei diesen Worten aufgehorcht hatte, äußerte seine Verwunderung darüber, daß man ihm noch nie von dem tapferen Zwergenkönig und von seinem Rosengarten etwas erzählt habe; selbstverständlich wolle er sich den Rosengarten ansehen und einen Kampf mit Laurin wagen, um die gefangene Similde zu befreien.

Wittege trachtete Dietrichs Lust zu dem Unternehmen noch mehr zu entflammen; er schmähte Laurin, spottete über den Rosengarten und schloß mit den haßerfüllten Worten:

„wird ich den garten sihtec an,
den trite ich nieder in den plân."

(Aus dem „Laurin A")

Dietrich aber bemerkte:

„ich muoz die âventiure sehen,
solde mir aber leit geschehen." *)

(Aus dem „Laurin A")

•

Als Hartwig sich davon überzeugt hatte, daß die Berner willens waren, die Bergfahrt zu unternehmen, da dankte er dem König und ritt fort mit dem Bemerken, er wolle noch einmal versuchen, einen Weg in Laurins Rosengarten auszuforschen, um die Berner hinaufzuführen, wenn sie nachkämen.

Hildebrant erläuterte diese Worte Hartwigs, indem er sagte, der Rosengarten befinde sich auf einem hohen Felsgebirge und scheine gar keinen Zugang zu besitzen. Da lachte Dietleib und bemerkte leise zu Wolfhart. „Ich wüßte schon den Zugang!"

„Hört Ihr, was der Junge sagt?" rief Wolfhart: „Er kennt den Weg in den Rosengarten!"

Alle verwunderten sich. Hildebrant aber sagte: „Dietleib, wie ist es möglich, daß du den Weg kennst?"

„Weil ich oben war", entgegnete Dietleib.

„Da schaut einmal den Jungen an!" versetzte Hildebrant mit Staunen; „wo der schon überall gewesen ist!"

„Ja", sagte Dietleib,

---

*) ‚aber' ist hier mit „auch" zu übersetzen.

„swer schildes ambet üben wil,
der muoz (durchrîten) lande vil." *)

(Aus dem „Parzival", 499, 9)

„Sehr gut!" bemerkte Hildebrant, „du wirst uns also den Weg in den Rosengarten zeigen!"

Davon war nun Dietleib gerade nicht entzückt. Wolfhart erkannte das und wollte den Grund wissen.

„Es wird ein Opfergang!" versetzte Dietleib.

„Warum ein Opfergang?" fragte Wolfhart. Doch Dietleib zeigte sich nicht geneigt, mit der Sprache weiter herauszurücken. Als ihn aber Wolfhart drängte, da sagte Dietleib ausweichend:

„Und stirb ich dann, so bin ich tot;
begrabt mich under die Röslin rot!" **)

*

Inzwischen trafen die Berner ihre Vorbereitungen für die Bergfahrt. Alle hatten zu tun, gingen hin und her, redeten laut und freuten sich auf die neue Awentüre. Nur Dietleib verhielt sich still und blieb abseits. Wolfhart jedoch beobachtete ihn unauffällig aus der Ferne und da schien es ihm, daß Dietleib Selbstgespräche führe; ja einmal glaubte er ihn sogar stöhnen zu hören. Da konnte sich Wolfhart nicht mehr halten; er ging hin und sagte: „Dietleib, lieber Selle mîn; du hast jetzt geseufzt wie ein Mädchen — was fehlt dir denn?" So redete Wolfhart und wollte ihn umarmen; doch Dietleib zog sich scheu zurück. —

Am Abend saß Dietleib wieder allein auf dem Turm des Schlosses und schaute hinüber zu den Wolken, hinter denen die Sonne versunken war. Aber Wolfhart ließ ihn nicht aus den Augen. Plötzlich tauchte er neben ihm auf und fragte: „An was denkst du denn eigentlich?"

Da blickte Dietleib auf, zögerte einen Augenblick mit der Antwort und sagte dann langsam: „Ich weiß es selbst nicht."

Kopfschüttelnd entfernte sich Wolfhart. Dietleib aber verfiel wieder in sein Sinnen und sah hinüber nach der Abendröte.

*

Wenn still der Tag entschwunden,
steh' ich oft wie im Traum
und denke lange Stunden
an dich und weiß es kaum ...

(Gisela Freiin v. Berger)

---

*) schildes ambet = Beruf eines Kriegers.

**) Aus einem alten Volkslied; wiedergegeben nach J. Sepp „Altbayerischer Sagenschatz", München 1876, S. 568.

Der versteinerte Laurin am Tschavon.

Alpenglühen am Rosengarten bei Tiers an einem Septemberabend
(Ölgemälde von Richard Wolff)

DER RITT NACH DEM ROSENGARTEN

Hei, der Sommer kommt ins Land
und die Berge tosen,
hügelauf entloht der Brand
roter Alpenrosen.

Und der Gott im Menschen spricht
alle Tage freier
und die Welt ist schwer von Licht —
das ist Sonnwendfeier.

(Anton Renk)

Als die Berner ins Gebirge gekommen waren, trafen sie den Lilienritter, der wieder einmal umsonst versucht hatte, in den Rosengarten einzudringen.

„Hast du Similde schon befreit?" höhnte Wittege.

„Man kommt ja in den Rosengarten nicht hinein — überall sind Schrofen und Abstürze", versetzte der Lilienritter.

Der Berg, wo trostlos weint Similde,
beut starre Felswand rings zum Schilde.

(Marie Schmidt)

„Tröste dich, Hartwig", sagte Wittege, „unser König und wir anderen, wir werden schon hineinkommen; man muß nur den richtigen Zugang wissen."

Und er gab seinem Pferde die Sporen. Dietrich war schon weit voraus. Betroffen und ärgerlich schaute Hartwig den beiden nach. Plötzlich aber wendete er sein Roß und folgte ihnen. Nun kamen auch die übrigen Wylfinge geritten. Schon erblickte man den purpurnen Rosengarten:

Hoch über Hang und Höhenkranz
und Bächen, die durch Tobel tosen,
erblüht ein zauberhafter Glanz,
der kommt von Laurins Wunderrosen.

Der Berg mit dem Rosengarten schien sehr nahe zu sein; aber sie ritten noch die ganze Nacht, bevor sie ihn erreichten.

Als si den berc ane sâhen
sie wânden, er waere nâhen:
an dem andern morgen fruo
kômen sie alrêst derzuo.

(Aus dem „Laurin A")

*

Nun mußte Dietleib als Führer voran. Er tat es, ohne zunächst ein Wort zu sprechen. „Sei nicht so verträumt", bemerkte der ‚wüetunde' Wolfhart; und zu den anderen gewendet, fügte er hinzu: „Denkt Euch, Dietleib hat gesagt, es sei für ihn ein Opfergang."

„Warum hängst du denn das an die große Glocke?" entgegnete Dietleib ein wenig verdrießlich.

„Da wird wohl nichts dabei sein", meinte Wolfhart; „erzähl' uns doch, was dich bedrückt."

„Ein andermal", versetzte Dietleib.

Sie waren inzwischen in das Felsgeklüfte eingestiegen und der Pfad ging hin und her.

„Wenn Dietleib heut so trüben Sinnes ist", sagte Hildebrant, „dann wird er uns noch in die Irre führen."

„Oh, nein", erwiderte Dietleib, „den Weg da fände ich auch in der Nacht."

„Bist du ihn denn so oft gegangen?"

„Mag sein!" erwiderte Dietleib.

„Ist der aber heut' einsilbig!" bemerkte Wittege, und in seinem höhnischen Tone fügte er alsbald hinzu: „Wie ein schlechtgelauntes Weib!"

„Ärgere mir meinen Dietleib nicht", rief nun Wolfhart dazwischen.

Der Weg wurde steil, dann aber auf einmal wieder ganz eben, so daß sie fröhlich drauflos traben konnten.

„Welch' eine lustige Fahrt in die Awentüre!" rief der „wüetunde" Wolfhart und hob sich übermütig im Sattel.

„Nur gemach, liebe Gesellen mein", sagte Hildebrant, „gleich wird uns Laurin seinen Segen spenden: ein paar Felsblöcke, die von oben heruntersausen, oder so etwas."

„Die fang' ich mit meinem Schild auf und werfe sie wieder zurück", entgegnete Wolfhart.

*

„Sorge dich nicht; du wirst schon noch gut in Arbeit kommen, bis dir der Übermut vergeht", erwiderte Hildebrant. Dann schaute er herum und plötzlich fragte er: „Du, Dietleib, wo hast du denn deinen Schild gelassen?"

„Den habe ich nicht mitgenommen", antwortete Dietleib.

„Aus Vergeßlichkeit oder mit Absicht?" fragte wiederum Hildebrant.

„Mit Absicht", entgegnete Dietleib.

„So, so!" sagte Hildebrant in ernstem Tone; „junger Mann, man geht nicht ohne Schild in die Awentüre!"

Wolfhart aber ritt ganz nahe an Dietleib heran und fragte ihn leise, aber eindringlich: „Du, — warum bist du diesmal ohne Schild ausgezogen?"

„Weil meinen Schild mit dem Meerwunder hier jedermann kennt; ich aber will unerkannt bleiben in König Laurins Rosengarten."

So antwortete Dietleib. Wolfhart jedoch blieb zurück und weil ihm die Sache nicht recht gefiel, begab er sich zu Hildebrant und sprach mit diesem darüber. Hildebrant hörte aufmerksam zu; dann sagte er: „Da steckt irgendein Geheimnis dahinter und wohl kein erfreuliches; darum ist Dietleib auch so niedergeschlagen; mir scheint, wir werden hier noch Überraschungen erleben!"

„Hei, das lobe ich mir!" sagte Wolfhart, „diese Awentüre lohnt sich; die wird farbig werden; aber ich kann mich nicht so richtig freuen, weil ich sehe, daß mein Dietleib traurig ist."

„Dieser Dietleib scheint dir sehr ans Herz gewachsen zu sein", bemerkte Hildebrant.

„Ja, schon vom ersten Tag an", erwiderte Wolfhart; „mir ist es selbst ein Rätsel; denke dir nur: ich habe noch nie in meinem Leben jemanden bedient, wenn aber Dietleib zu Pferde steigt, so macht es mir die größte Freude, ihm dabei zu helfen, als ob ich sein Reitknecht wäre; er will es aber gar nicht und lehnt meine Hilfe ab, was mich oft geradezu betrübt."

„Das liegt in demselben Geheimnis begründet", versetzte Hildebrant; „aber vielleicht erlangen wir darüber Aufschluß, wenn wir Laurins verzaubertes Reich betreten haben werden."

•

Sie waren inzwischen an gewaltigen Wänden entlang zu einem großen verschlossenen Tore gekommen. „Hier ist der Haupteingang", erklärte Dietleib, „und dahinter steht die königliche Wache; aber wir reiten da vorbei und begeben uns in den Rosengarten."

Sie trabten weiter. Der Weg war gut und führte zu einem luftigen Kamme hinauf, von dem sich linkerhand ein jäher Grat zum Hauptgipfel erhob. „Das ist der Costòn del Skèlmo", bemerkte Dietleib, „und diesen Weg hier haben die Zwerge erst vor kurzer Zeit gebaut."

„Wo liegt nun der Rosengarten?" fragte König Dietrich.

„Zum Teil hängt er da links über uns", erwiderte Dietleib, „zum andern Teil umsäumt er die Ostseite; wir kommen gleich an seinen Rand."

Sie überschritten den Kamm und schauten gen Süden und Osten hinaus auf Hunderte von Gipfeln, die in der Sonne leuchteten. Tief unten lagen blaugrüne Talgründe und aus ihnen erhoben sich senkrechte Felszacken und -türme in scharfen, nie gesehenen Formen.

•

Der Weg war wieder eben geworden und lief gradaus in der Richtung auf einen fernen, hohen Berg mit schneebedeckten Gipfel. Plötzlich stand Dietleib stille und alle hielten ihre Rosse an, denn quer über den Weg zog sich eine dichte Hecke voll weißer Blüten und an diesen hing ein goldglänzender Seidenfaden. Hinter der Hecke aber sah man den Garten in seiner ganzen Herrlichkeit. Die Sommersonne strahlte und von ihrem heißen Schein überflutet, dufteten und prangten die Rosen berückender denn je.

„Hier ist die Grenze", erklärte Dietleib; „sobald wir den Seidenfaden berühren, kommt König Laurin in Waffen aus dem Berge heraus und greift uns an."

Alle schauten und staunten ...

denn keine Rosenhecke war
im Land so schön und voll,
wie wenn das lichte, junge Jahr
in Laurins Garten wunderbar
die Rosenknospen schwoll.

(Hermann v. Gilm)

„Ich empfinde eine unbeschreibliche Freude", bemerkte Hartwig.

„Das macht der Rosengarten", entgegnete Dietleib; „von ihm geht ein Zauber aus, dem niemand sich entziehen kann."

„Kinder!" sagte König Dietrich,

„wenn mich nicht trügen alle meine Sinne,
so sind wir hier im Paradiese drinne." *)

Wittege bemerkte, daß Laurin ein Räuber sei. Aber Dietrich erwiderte, er sehe keine Buschklepper und weder Wall noch Wehre; nur einen Seidenfaden sehe er und den wolle er nicht verletzen; darum schlage er vor, mit Laurin gütlich zu verhandeln. Diese friedfertigen Worte verdrossen Wittege; er sprang vorwärts, zerriß den Seidenfaden und zerstampfte die Rosen, um der Unentschlossenheit ein Ende zu machen und den Kampf zu erzwingen.

Wittig, der vil starcke weygandt,
zerstört die rosen alle sandt.

(Aus dem Nürnberger Druck, um 1540)

---

*) Diese Stelle lautet im „Laurin A" 925 f.: „mich entriegen alle mîne sinne, wir sîn in dem pardîse hinne."

Und unter seinen wilden Streichen
hinsinken tausend Rosenleichen:
und als zerriß die gold'ne Schnur,
hallt lauter Wehruf durch die Flur.

(Marie Schmidt)

Da lagen sie am Boden,
wie abgefall'nes Laub,
die schönen Wunderrosen
verwelkend in dem Staub.
Vergangen und verschwunden
war all der Glanz und Duft;
die Vögelein verstummten,
es zitterte die Luft.

(Gottlieb Putz)

So war gar viel zerstöret
der Freude, die am Garten lag;
den Duft verlor der Rosenhag
und den Schein so lieb und rot.
Dietrich aber sprach dazu:
„Schicklich taten wir nit,
was Übles uns nun geschieht,
das reuet mich gar sehr!"

(Aus v. Zingerles Übersetzung)

*

Alsogleich erschien, auf schneeweißem Rößlein reitend, ein gewappneter kleiner Mann, dessen Helm mit einer funkelnden goldenen Krone geziert war. Das konnte nur Laurin sein.

Seht da ritt in Zorn heran
ein Getwerg, ein kleiner Mann.

(Bückmann und Hesse)

Er zeigte sich entrüstet und warf den Bernern vor, daß sie unedel gehandelt hätten:

„den mînen rosengarten ...
die mînen lieben rôsen rôt ...

habt ihr getreten in den plân,
und hân iu nie kein leit getân." *)

(Aus dem „Laurin A“)

Die Recken hatten sich zusammengestellt; aber niemand sprach ein Wort. Da drohte Laurin:

ir hânt den rôsen wê getân:
des wil ich iuch enkelten lân!" **)

In kampfbereiter Haltung ging er auf Wittege zu. Die Recken lachten. Nur Hildebrant meinte, Wittege möge sich vorsehen und seinen Helm fester binden. Doch Wittege sagte:

„Komm' nur her, Zwerglein; ich nehme dich bei den Füßen und schlage dich an die Felswand." ***)

Nun fingen sie an zu kämpfen.

In dem rôsengarten
huop sich ein michel spil *)
si traten in den anger
der liehten rôsen vil.

(Aus dem Wormser „Rosengarten“)

Es kam aber anders, als Wittege erwartet hatte; bald war er in eine verzweifelte Lage geraten. Laurin überwältigte ihn und band ihn an einen Baum **). Hilfeheischend schaute Wittege zu Dietrich, seinem Lehnsherrn, hin. Dieser eilte herbei.

*

---

*) iu = Euch.

**) lân = lassen.

***) So nach der Müllenhoff'schen Ausgabe. In der Bearbeitung, welche v. Zingerle verfaßt hat, heißt es, Wittich (Wittege) habe Laurin an die Wand werfen wollen,

„daß sie all hier lägen tot
bei den lichten Rosen rot.“

Und Gottlieb Putz läßt seinen Wittege zu Laurin sprechen:

„Komm her, du stolzes Zwerglein,
mit deiner Zauberei!
Dich und dein Rößlein hau' ich
mit einem Hieb entzwei!“

*) michel = gewaltig, mächtig.

**) So nach dem alt-dänischen „Dvergekongen Lavrin“.

Aber sofort nahm Laurin auch den Kampf gegen Dietrich auf. Mit der ganzen Zwölf-Männer-Kraft, die ihm sein Gürtel verlieh, hieb er auf den Berner los und verwundete ihn mehrmals. Der Berner schlug wohl auch zurück, aber sein furchtbares Schwert „Eckisax" geheißen, sauste meist vergeblich durch die Luft, denn Laurins Brünne war so hart, daß sie jedem Hiebe standhielt. Immerhin verspürte Laurin manche der gewaltigen Schläge durch den Panzer und sein Blut begann zu tropfen. Doch er hielt sich wacker und sie taten einander an, was sie nur beide konnten.

Der anger wart benetzet
  er wart von bluote rôt,
sie brâhten beide einander
  in vil grôze nôt.

(Aus dem Wormser „Rosengarten")

Bewundernd schauten die Wylfinge und die Zwerge dem erbitterten Zweikampf zu. Hildebrant aber sagte zu Dietrich:

„slahez mit dem knopfe um diu ôren
und mache ez ze einem tôren!" *)

(Aus dem „Laurin A")

Dietrich befolgte diesen Rat:

er sluoc den kleinen Laurîn
mit dem knopf ûf den helm sîn
daz ez alsô lûte erklanc
einer halben mîle lanc
von des helmes dône
und der guldînen krône. —
Laurîn der kuonheit vergaz,
ez enzweste, wâ ez was. **)
es greif in daz teschelîn
und nam ein tarnkeppelîn,
der vil kleine recke,
daz er sich dâ mite bedecke,
daz sîn der Berner niht ensach.

(Aus dem „Laurin A")

---

*) Betäube ihn.

**) „Es" (das Gezwerg) wußte nicht mehr, wo es war.

Laurin hatte sich also plötzlich durch eine Tarnkappe unsichtbar gemacht.

Dô sprach der von Berne
„nu slüege ich dich gerne.
ich enweiz **) wâ du bist hin komen
oder wer dich mir hât genomen.
du bist in kurzen stunden
vor mînen ougen verswunden."

(Aus dem „Laurin A")

Nun hatte Laurin großen Vorteil gewonnen; er traf seinen Feind mit jedem Hiebe, während dieser nur blindlings um sich schlug. Dabei fuhr das gute Schwert Eckisax in die nahe Felswand, daß Blöcke und Steinsplitter herumflogen. Doch das half dem Berner nichts; er konnte Laurin nicht mehr treffen und geriet allmählich in Bedrängnis.

Da rief Hildebrant: „Zerreiße ihm den Gürtel!"

Das war aber leichter gesagt als getan, denn Laurin zeigte große Behendigkeit und ließ sich nicht ergreifen. Immer schlechter ging es dem Berner und Hildebrant sorgte sich um ihn. Plötzlich aber kam ihm ein rettender Gedanke und er sprach zu Dietrich:

„Achte auf die Bewegungen im Grase, dann wirst du sehen, wo der Zwerg steht." ***)

Als Dietrich das tat, gelang es ihm bald, seinen Gegner zu fassen. Nun schüttelte er ihn so furchtbar, daß dem kleinen Manne Hören und Sehen verging, und mit einigen Griffen zerriß er ihm auch den Gürtel. Dieser fiel zu Boden und Hildebrant nahm ihn an sich. ****)

Die Wylfinge jubelten; nur Dietleib wandte sich ab. Die Zwerge aber wehklagten, denn ihr König war besiegt. Auch die Waffen und die Tarnkappe wurden ihm abgenommen, so daß er hilflos dastand, in völliger Ohnmacht.

•

Da ging plötzlich in den Felsen ein Tor auf, das vorher niemand bemerkt hatte, und heraus trat Simil de mit einer Schar von Begleiterinnen. Sie dankte den Herren für die Befreiung, zugleich jedoch bemerkte sie, daß Laurin ein edler Mann sei: er habe sie stets wie eine Königin geehrt, die Herren sollten ihm also nicht gram sein und ihn nicht weiter befehden, sondern mit ihm Freundschaft schließen.

**) ich enweiz = ich weiß nicht.

***) So nach dem alt-dänischen „Dvergenkongen Lavrin".

****) Diese Kampfhandlung ist von den Bildhauern Kompatscher und Winder in Stein dargestellt worden. Das Bildwerk stand bis zum Juli 1933 auf der Talfermauer in Bozen.

(Dô) sprach si ... „habet danc, ir (küenen) biderman,
ir hât in den rôsen daz beste ... wol getân ...
nu lât von iuwerm strîte, ir sült gesellen sîn,
sô gibe ich iegelîchem ein rôsenkrenzelîn!" *)

(Aus dem Wormser „Rosengarten")

Diese Rede gefiel dem starken Dietrich: er reichte Laurin die Hand und bot ihm Frieden an. Alle waren damit einverstanden, nur nicht Wittege, der Schlangenritter; er nahm Abschied und entfernte sich. Laurin aber sagte: „Da wir nun Freunde geworden sind, so kommet mit mir in den Berg; ich will euch meine Schätze zeigen und euch wohl bewirten:

„kumet mit mir in den berc,
so dienet iu manec getwerc
und manec getwerginne
mit golde und mit gimme." **)

(Aus dem „Laurin A")

Die Recken entsprachen gerne der Einladung und betraten den hohlen Berg. Alsbald staunten sie über die Pracht, die da verborgen war. Das Reich der Zwerge enthielt wohlgefügte Kunstwerke und beispiellose Schätze.

An den kristall'nen Wänden
saß herrliches Gestein
Karfunkeln und Rubinen,
die gaben lichten Schein.
Es war ein wahres Wunder
der schimmernde Palast,
denn Wände, Boden, Decke
war Silber, Gold und Glast.

(Gottlieb Putz)

Endlich gelangte man in einen großen Saal, wo sich König Laurin mit seinen Gästen an reichgeschmückter Tafel zum Mahle niedersetzte. Da wurden sie nun von den Zwergen bewirtet und mit Gesang

---

*) Da sprach sie: „Habet Dank, ihr kühnen Biedermänner, ihr habt in den Rosen das Beste wohl getan; nun laßt ab von eurem Streite und werdet gute Freunde, so gebe ich jedem ein Rosenkränzlein."

**) gimme = Edelstein.

und Spiel erfreut. Die Stunden verstrichen schnell und es wurde Nacht. Laurin hob die Tafel auf und ließ den Gästen Schlafstätten anweisen. Alle begaben sich zur Ruhe.

*

Bald nach Mitternacht aber wurde Laurin von einem Knappen geweckt, der ihm berichtete, Wittege schleiche mit einer Schar von Bewaffneten um den Rosenhag herum und trachte in den hohlen Berg feindlich einzudringen. Sofort rückte Laurin mit seinen Leuten aus, es kam zum Kampfe und Wittege wurde samt den Seinen über den Berg hinabgetrieben. Siegreich kehrten die Zwerge heim und gedachten nun der Ruhe zu pflegen.

Hildebrant jedoch hatte den Lärm des Gefechtes vernommen und Verrat befürchtend weckte er die Genossen. Diese wappneten sich und besetzten die Tore. Als Laurin das gewahrte, da glaubte er, es habe zwischen seinen Gästen und Wittege ein heimliches Einverständnis bestanden, um das Volk der kleinen Leute bei Nacht zu überfallen und zu vernichten. Es kam zu beleidigenden Vorwürfen und schließlich zu neuem Waffengange. Auf Laurins Geheiß versahen sich alle Zwerge mit Kappen, durch die sie unsichtbar gemacht wurden. Dank dieses Vorteiles gelang es ihnen, die Recken zu überwältigen und in Ketten zu legen. Sie warfen sie nun allesamt in ein festes Gewölbe, schlossen das Tor und gingen schlafen.

Der starke Dietrich aber war in solchen Grimm gekommen, daß ihm Feuer aus dem Munde ging. Damit schmolz er die Ketten und befreite sich und seine Genossen. Als sie der Banden ledig waren, erschien Similde und brachte ihnen Zauberringe, durch die sich die Wirkung der Tarnkappen bannen ließ.

Die Zwerge erwachten und stürmten heran. Aber obwohl sie wieder jene Kappen aufsetzten, konnten sie nun dennoch von den Recken gesehen und bekämpft werden. So gerieten die Zwerge bald in Nachteil. Gegen Morgen gelang es Dietrich, den König Laurin gefangen zu nehmen. Da ertönte ein Hifthorn — und gleich darauf hörte man außerhalb des hohlen Berges ein furchtbares Geheul wie von hundert wilden Tieren. —

*

Inzwischen war Hartwig, der Lilienritter, bemüht gewesen, Similde in Sicherheit zu bringen. Er begleitete sie zu einem der Ausgänge und gleichzeitig wehrte er einige Zwerge ab, die ihn verfolgten und Speere auf ihn schleuderten. Als man das Hifthorn hörte, rannte plötzlich Wittege von draußen herein. Similde bemerkte er nicht, weil sie gerade im Schatten einer Felsecke stand; aber beim Anblick des Lilienritters lachte er gehässig und rief:

„Es ist gut, daß du hier bist, Hartwig; da drüben kommt eine Schar Riesen; tritt ihnen entgegen und treibe sie zurück, während wir die Zwerge abtun."

Kaum hatte er das gesprochen, so verschwand er im Innern des Berges, wobei er dachte, daß Hartwig nun von den Riesen erschlagen werden sollte. Hartwig eilte hinaus und sah eine Schar Riesen schnell heraufkommen. Ihr Anblick war furchtbar und sie schrien, daß der Berg erdröhnte.

Ir iegelicher haete ein swaere stange stehelîn. *)
und saehe si ein breitez her,
ez müest dâ von erschrocken sîn.

(Aus der „Virginal")

Hartwig warf sich den Riesen mit gezogenem Schwert entgegen. Doch als es nun zum Kampfe kommen sollte, hielten die Riesen plötzlich still und verstummten. Neben Hartwig aber stand Similde und sie sprach in beschwörendem Tone:

„Riesen, Riesen,
gehet leise,
werdet wieder
kleine Mäuse!"

Als das letzte Wort verklungen war, wurden die Riesen zu Mäusen, die sich lautlos im Gestrüpp verkrochen. Auch im Innern des Berges hörte das Kampfgetümmel auf.

*

Da wußte Hartwig, daß er Similde heil aus dem verzauberten Bereich fortbringen würde. Er holte sein Roß und bestieg es. Dann hob er Similde empor, setzte sie vor sich und fragte sie, wohin er sie geleiten dürfe.

„Nach Hause", hauchte die Jungfrau; dabei errötete sie tief. Er aber bemerkte es und sprach: „Ich schirme dich mit meinem weißen Lilienschild."

Si nam, daz er ir bôt . . .
ir wangen wurden rôt,
same *) diu rôse,
dâ si bî der liljen stât.

(Walther von der Vogelweide)

---

*) stehelîn = stählern.
*) same = wie.

Mittags gelangten die beiden unter die Burg von Simildens Vater. Als man den Bergfried über den Wald herübergrüßen sah, stiegen sie ab. Ein herbeigeeilter Knappe übernahm das Pferd und führte es voraus. Hartwig und Similde aber reichten sich die Hand und gingen langsam durch den Wald hinauf. Es war ein wundervoller Tag, wolkenlos und klar wölbte sich der Himmel und die sieghafte Mittagssonne spielte in den Föhrenzweigen.

Hand in Hand geht man im Walde,
du, mein lichtes Sommerkind,
danken wir's dem blauen Tage,
daß wir so voll Freude sind!

(Anton Renk)

DIETLEIBS OPFERGANG

Das ist echtes Glühen,
heiß und rosenrot,
Heldenherzen blühen
schöner auf im Tod.

(Max v. Schenkendorf)

Während so Hartwig die geraubte Jungfrau in Sicherheit brachte, bereitete sich im Rosengarten ein neuer Hader vor, aber diesmal nicht zwischen den Bernern und den Zwergen, sondern unter den Bernern selbst.

Dietleib nämlich hatte mit gekreuzten Armen und unverhohlener Befriedigung zugesehen, wie die Riesenschar von Similde verzaubert und wie diese dann von Hartwig fortgeführt wurde. Eine geraume Weile schaute Dietleib den beiden nach; dann pflückte er einige Rosen und sang:

ich (wil) auch rosen brechen
und kleiden mynen schilt!

(Aus dem Heldenbuche)

Da rief jemand: „Du hast ja gar keinen Schild!" und alsogleich tauchte Wolfhart zwischen den Rosenbüschen auf.

„Das macht nichts", erwiderte Dietleib, und dabei lachte er ganz vergnügt.

„Hast du aber ein schönes Lachen", sagte Wolfhart so recht mit Freude; „es klingt, als ob dir Rosen von dem Munde gingen."

Der lachet, daz ez vol rôsen was,
perg und tal, loub und gras!" *)

(Heinrich von Neustadt, um 1300)

„Heute bist du also wieder gut aufgelegt", setzte Wolfhart mit Befriedigung hinzu.

„Schon lange nicht mehr so gut", entgegnete Dietleib. Und er lachte wieder, daß es hell durch den Rosengarten klang.

Da kam Wittege mit schweren Schritten hinter einer Felsecke heraus und rief: „Schaut Euch einmal den Laurin an, den eingebildeten König von Nichts, — eben habe ich ihm die Hände auf dem Rücken zusammengebunden; dort drüben an der Steinwand steht er, neben dem Tor, das in den Berg hineinführt; kommt und lacht ihn aus!"

•

Dietleib wandte sich so schnell um, als ob er unvermutet einen Dolchstich bekommen hätte. „Das leide ich nicht!" sagte er kurz und bestimmt, mit eigentümlich scharfer Stimme. Das Lachen war ihm vergangen.

„Du wirst dich schon damit abfinden müssen", entgegnete Wittege sichtlich gereizt.

„Nein", erwiderte Dietleib, „eher lasse ich es auf einen Holmgang mit dir ankommen." Dann eilte er fort, um nach Laurin zu sehen.

„Ärgere ihn nicht", bemerkte Wolfhart, „Dietleib ist mit dem siegberühmten Walther von Wasgenstein fertig geworden, er würde auch dich im Holmgang überwinden."

„Das wollen wir erst abwarten", brummte Wittege voll Ingrimm. Sie gingen zu der Steinwand hinüber, wo Laurin mit gefesselten Armen stand. Aber schon hatte sich Dietleib darangemacht, Laurins Banden zu lösen. Doch nun kamen Dietrich und Hildebrant hinzu, und sie schritten ein.

„Laß das, Dietleib!" sagte Dietrich, „Laurin ist unser Gefangener und wird nach Berne gebracht."

Da rief Dietleib: „Lieber König Dietrich, mein Herr, schenke mir den Gefangenen; er wird dir hohes Lösegeld geben!"

Dietrich lehnte das ab und befahl Dietleib, sich zurückzuziehen; dieser aber wollte nicht gehorchen. „Mein großmütiger Herr, mein edler Gebieter, gib mir den Rosengarten-König und ich werde dich nie mehr mit einer Bitte belästigen!" — So sprach Dietleib.

---

*) was — war.

„Er kreischt wie ein Weib", bemerkte Wittege in feindseligem Tone.

Dietrich schwankte einen Augenblick; dann sagte er mit Bestimmtheit: „Wir gehen jetzt erst nach Berne, dann werden wir weitersehen." Und zu Wittege sich wendend, fügte er hinzu: „Wittege, führe den Gefangenen ab."

Aber nun geriet Dietleib in heftige Erregung: „Nein, eben nicht!" rief er; „ich dulde es unter keiner Bedingung; den Rosengarten-König lasse ich nicht beleidigen; da steht mein Schwert davor; weiche zurück, Wittege!" — Und er drohte ihm.

Doch der König stellte sich zwischen die beiden und sprach zu Dietleib in begütigendem Tone: „Junger Mann, du weißt, daß ich dir wohlgesinnt bin; aber mißbrauche das nicht."

Hildebrant hatte einige Zwerge verscheucht, die sich neugierig nähern wollten; nun kam er zurück und sagte: „Dietleib, was du da tust, streift an offene Auflehnung."

„Das ist mir ganz gleichgültig!" entgegnete Dietleib, und man hörte es ihm an, daß er entschlossen war, nicht nachzugeben.

„Dietleib!" wiederholte Hildebrant, „du bist Dietrichs Mann und hast ihm zu gehorchen, besonders hier, wo wir in Feindesland stehen; wenn du dich empörst, so bist du kein ehrlicher Krieger mehr, sondern ein Straßenräuber."

„Ihr könnt alle reden, was ihr wollt", versetzte Dietleib, „ich aber dulde nicht, daß man den Rosengarten-König so schmachvoll behandelt."

„Bist du Dietrichs oder Laurins Mann?" fragte Hildebrant.

Ein Gelächter wurde hörbar. Dietleib jedoch versuchte wieder, Laurin von seinen Fesseln zu befreien. Da näherte sich Wolfhart und sagte: „Dietleib, lieber Selle mein, nimm Vernunft an; was du da tust, ist gegen Ordnung und Gesetz."

„Es ist M e i n t a t !" ergänzte Hildebrant mit Nachdruck. Aber alle Bemühungen waren umsonst.

„Lasset mich!" rief Dietleib in leidenschaftlichem Tone.

„Schaut ihn an, den Jämmerling", spottete Wittege, „er zittert am ganzen Leibe; und das will ein Recke sein!"

Dietleib nahm das nicht zur Kenntnis; aber er wandte sich an Dietrich, hob die Hände auf und flehte noch einmal: „Lieber Herr, übergib mir den Gefangenen."

Als jedoch König Dietrich abweisend den Kopf schüttelte, da brach Dietleib in die Worte aus: „Dann will ich dir nicht mehr dienen!"

„Dietleib, du frevelst!" rief Hildebrant.

„Ich habe nicht geschworen", erwiderte Dietleib.

„Aha", bemerkte Wittege, „der König war zu gut mit ihm und hat ihm das nachgesehen; das ist jetzt der Dank dafür!"

„Dem König schulde ich Dank", versetzte Dietleib, „und ich werde ihm diesen Dank jedesmal abstatten, wenn wir in Arbeit kommen."

„Dietleib!“ sagte der König, „jetzt befehle ich dir, zu schweigen und dich zu entfernen, — sonst kommt es zum Äußersten.“

„Wenn es zum Äußersten kommt“, entgegnete Dietleib, „dann habe ich ein Schwert!“

„Du stellst dich gegen mich?“ fragte der König.

„In diesem Falle ja!“ lautete die Antwort.

„Er ist wahnsinnig geworden“, sagte Wolfhart.

„Er ist ein Verbrecher“, bemerkte Wittege, „und er verdient den Tod.“

Doch Dietleib ließ sich nicht wankend machen. „Mit Eurem Maß gemessen“, so sprach er, „wäre ich treulos und ein Verbrecher; für mich aber gilt ein anderes Maß.“

„Dietleib“, sagte Wolfhart, „du redest in Rätseln.“

Bisher hatte der König immer noch Ruhe bewahrt. Nun aber sprach er mit großem Ernste: „Dietleib, es ist genug; willst du nun augenblicklich vom Platze weichen oder nicht?“

„Nicht, so lange du mir nicht Laurin gibst!“

„Laurin ist mein Gefangener“, entgegnete der König, „und du hast kein Recht auf ihn.“

„Dann werde ich mir dieses Recht erwerben!“

„Wie denn?“ fragte der König.

„Mit diesem da!“ antwortete Dietleib. U n d e r z o g d a s S c h w e r t.

Wolfhart stieß einen Schrei aus, wie ein verwundeter Bär und wollte sich auf Dietleib stürzen, um ihm die Waffe zu entreißen; aber der König winkte ab. Hildebrant verschränkte die Arme auf die Brust, schaute nachdenklich Dietleib an und sagte: „Da birgt sich ein G e h e i m n i s.“

Ob dieser ahnungsvollen Worte lachte Dietleib hart und bitter: „Freilich ein Geheimnis“, rief er, „aber dies Geheimnis werdet Ihr nicht ergründen, solange ich die Waffen führe.“

*

König Dietrich war in Zorn geraten. Er legte den Schild weg, entblößte seinen Eckisax und versetzte Dietleib einen klirrenden Hieb auf den Helm, einen ungefährlichen Hieb, der als letzte Mahnung dienen sollte, denn der König dachte noch immer, daß Dietleib nachgeben würde und er hatte beschlossen, ihm den Gefangenen zu schenken, sobald sie einmal in Berne wären. Als jedoch des Königs Waffe blitzend durch die Luft fuhr, d a s c h l u g D i e t l e i b z u r ü c k! — Nie war solches geschehen. Nun ging es auf Leben und Tod. Immer lauter tönten die Klingen: der stärkste und der gewandteste Fechter standen einander gegenüber.

Sprachlos vor Staunen und Entsetzen beobachteten die übrigen den Verlauf dieses unerhörten Kampfes, der reich an aufregenden Einzelheiten und nie gesehenen Wendungen war. Dietrichs ungeheure Kraft lag im schwersten Ringen mit Dietleibs beispielloser Schnelligkeit. Des Königs berühmtes Schwert, der gefürchtete Eckisax, führte gewaltige Hiebe, aber Dietleib war ein Meister im Ausweichen. Vergeblich trachtete Dietrich, seinem Gegner das Schwert aus der Hand zu schlagen oder es ihm zu zerschmettern, Dietleib wußte nicht nur jeden Angriff abzuwehren, sondern auch noch Vorteile zu gewinnen. — Und dieser Kampf schien kein Ende nehmen zu wollen.

Wittege hatte seinen Helmsturz aufgeschlagen und stand mit offenem Munde da. Er beneidete Dietrich um seine Riesenstärke, die den Stahl erdröhnen ließ, und Dietleib um seine wundervollen Fechtkünste. Wolfhart, sonst immer fröhlich und kampfesfreudig, zeigte sich schweigsam und besorgt. Selbst Hildebrant wußte nicht, was er sagen sollte. Alle fühlten, daß eine furchtbare Entscheidung nahte. Zwei Raben flogen krächzend vorbei. Da geschah es plötzlich, als Dietleib eine seiner tollkühnen Bewegungen machte, daß ihm die Spitze des Eckisax über die Brust fuhr und daß die Brünne barst. Wie vom Blitze getroffen, stürzte Dietleib zu Boden, wo er regungslos liegen blieb. Und die Zuschauer erkannten deutlich, daß Dietleib nicht besiegt worden wäre, wenn er seinen Schild gehabt hätte. Die Zurücklassung des Schildes wurde Dietleib zum Verhägnis.

„Tragt ihn weg und pflegt ihn", befahl der König und fügte hinzu: „Er scheint nicht schwer verletzt zu sein."

•

Das Tor an der Steinwand war offen und man trug Dietleib in den Berg hinein. Wolfhart nahm ihm den Helm ab. Da quoll das herrliche Haar hervor wie ein Strom von flüssigem Golde. Alle sahen einander an und riefen wie aus einem Munde: „Dietleib ist ein Mädchen!"

„Da haben wir das Geheimnis!" sprach Hildebrant; „Dietleib ist eine Schildmaid, — wahrscheinlich die Schildmaid des Königs Laurin, die aus irgendeinem Grunde von ihm weggegangen war, aber in unwandelbarer Treue doch mit ihm verbunden blieb."

„Eine Schildmaid ist sie", wiederholte Wolfhart nachdenklich und traurig, „und damit man sie nicht erkenne, darum wollte sie nie den Helm abnehmen."

„Und jetzt wird sie nie mehr einen aufsetzen", bemerkte Wittege.

„Warum denn nicht?" fragte Wolfhart.

„Weil sie stirbt oder schon gestorben ist", antwortete Wittege trocken.

„Unmöglich!" schrie Wolfhart.

„Ich muß leider Wittege recht geben", äußerte Hildebrant; „die Schildmaid, die wir Dietleib nannten, ist soeben verschieden; ihr Eintreten für Laurin hat sie das Leben gekostet; wir glaubten, ihr Handeln sei Meintat, aber für ein Weib gilt ein anderes Sittengesetz als für einen Mann; was bei einem Mann Meintat wäre, kann bei ihr höchste Treue sein; — nun bindet ihr den Helm auf und legt ihr das Schwert an die Seite; sie war eine Kriegerin und als solche soll sie, wenn einst die Toten aufgerufen werden, rühmlich eingehen in Walhall."

Wolfhart und Wittege taten, was Hildebrant angeordnet hatte. Dieser aber schaute im Raume herum und gewahrte einen großen Korb voll Rosen. Langsam zog er ihn herbei und sprach: „Wir wollen Dietleib bestatten, — dort ist eine tiefe Felsenkluft; da legen wir die Leiche hinein und schütten alle diese Rosen darüber; dann verkeilen wir die Kluft mit großen Steinblöcken, damit die Tote ruhig schlafen könne in dem Rosengarten."

Nachdem sie das alles gemacht hatten, ermahnte Hildebrant die anderen, den König ja nicht wissen zu lassen, daß Dietleib ein Mädchen gewesen sei. „Es würde ihn fürchterlich erschüttern", sagte er; „ich kenne ihn; er wollte Dietleib nicht töten, sondern ihn nur entwaffnen und zur Vernunft bringen."

*

Nun gingen sie hinaus, um den König zu suchen, der sich inzwischen den Rosengarten angesehen hatte. Wolfhart aber vermochte das Geschehene nicht zu ertragen. Plötzlich warf er seine Waffen von sich und schrie voller Verzweiflung:

ich hete dich mir ze trôst erwelt,
mîner vröuden tage sint nu gezelt!

(Aus dem „Laurin A")

Dann rannte er in den nahen Wald hinein und verbarg sich dort, wo das Dickicht am dunkelsten war. Hildebrant schaute ihm nach und sagte langsam: „Auch diesen werden wir wohl nicht mehr zu sehen bekommen; hart hat es ihn getroffen und er verwindet es kaum!" —

Als sie den König gefunden hatten, berichteten sie ihm von Dietleibs Tod und von der Bestattung; aber daß Dietleib eine Schildmaid gewesen, das verhehlten sie. Trotzdem war König Dietrich sehr betrübt von der Kunde, die er hören mußte, und er klagte um Dietleib mit den Worten:

mîn sige und ouch dîn junger tôt
machent mich dicke schamerôt." *)

(Aus dem „Ecken-Liede")

So endigte der Waffengang in König Laurins Rosengarten.

---

*) dicke = sehr.

LAURINS LEID

Neuer Frühling kommt und das Land erklingt
von den Vogelliedern so wie einst,
doch du horchst umsonst, denn kein Frühling bringt
dir zurück, wonach du weinst!

(Nach Rückert)

Nach dem Kampfe in dem Rosengarten wurde Laurin von den Recken als Gefangener fortgeschleppt. Sie brachten ihn erst nach Berne und dann auf ein einsames Gehöfte, wo Wittege sein Wächter wurde. So hatte Laurin alles verloren und war in schwere Not gekommen.

(Laurîne) wart erbôten sâ *)
vil smâchheit von den knechten dâ.

Die Knechte spotteten seiner und Wittege mißhandelte ihn.

Und der vîl kleine Laurîn
muost zu Berne ein goukler sîn.

(Aus dem „verstümmelten Schluß“, Müllenhoff)

Oft wurde Laurin an einen Pfahl gebunden und mußte singen und tanzen; die Reisigen aber schauten zu und lachten über ihn. Es half auch nichts, daß von Simildens Vater ein Bote kam, der in ihrem Namen Herrn Dietrich bat, er möge Laurin gut behandeln lassen. Wittege belog seinen Herrn und alles blieb beim alten.

Von diesem Wittege erzählte man sich auch sonst noch allerhand Unschönes; er ging schließlich zu Dietrichs Feinden über und tötete Dietrichs Bruder. Als ihm dann Dietrich entgegentrat und mit ihm kämpfen wollte, wandte sich Wittege zur Flucht. Dietrich verfolgte ihn bis an die See. Hier wurde Wittege von seiner Urgroßmutter, der Meerfrau Waghild, in den Fluten geborgen. Sie soll ihn aber dabei verspottet haben, und zwar mit den Worten:

„du hâst vil zagelîche **)
gevâren und getân!“

(Aus „Rabenschlacht“)

---

*) sâ = alsbald.
**) zagelîche = erbärmlich.

Unter einem solchen Zwingvogt mußte der gefangene Laurin manche Demütigungen erfahren. Aber eines Abends schlug ihm die Stunde der Befreiung. Es geschah nämlich, daß zwei neu eingetretene Krieger die Wache übernahmen. Auf einer Trommel spielten sie mit Würfeln und tranken Bier aus großen Humpen. Um Laurin kümmerten sie sich wenig, weil sie ihn mit einem Lederseil an den Pfahl gebunden hatten. Es war aber kalt und so zündeten sie ein großes Feuer an. Sie tranken immerzu und gegen Morgen schliefen sie neben der Trommel ein. Da gelang es Laurin, die Feuerstätte zu erreichen und in der glühenden Asche das Lederseil zu verbrennen. So ward er frei und entfloh aus dem Gehöft.

*

Auf langen Fahrten kehrte Laurin wieder zurück in seine Berge. Als er aber um eine Talecke bog und plötzlich den roten Rosengarten erblickte, der wie ein Wunder über den Wäldern stand, da sprach er:

„Diese Rosen haben mich verraten; hätten die Recken nicht die Rosen gesehen, so wären sie nie auf meinen Berg gekommen."

Während er nun hinaufstieg, fand er bald die Leichen seiner Leute, die in der letzten Schlacht gegen die Recken gefallen waren. Und es erfaßte ihn große Traurigkeit.

Dô sprach der (edel) künec:
owê mir, dirre nôt! *)
wie ligent mîne diener
sô jaemerlîche tot! —
Der anger sî vervluochet,
der ... rôsen hât getragen!
darumb sint mîne (liute)
ze tôde mir geslagen.

(Aus dem Wormser „Rosengarten")

So ließ Laurin den ganzen Rosengarten zu Stein werden und sprach einen Zauberbann darüber aus, damit die Rosen weder bei Tage noch bei Nacht gesehen werden könnten. Er hatte jedoch die Dämmerung vergessen, die nicht Tag und nicht Nacht ist, und so kommt es, daß der verzauberte Garten in der Dämmerung seine Rosen wieder zeigt. Das nennt man „Alpenglühen": über verdunkelten Tälern und schattenschweren Waldungen thronen die Gipfel des Dolomit-Gebirges in feurig strahlender Herrlichkeit.

---

*) dirre = diese.

Hoch an Türmen, hoch an Zinnen
lodert roter Gluten Glanz,
stille Rosenfluten rinnen
in der Lahnen bleichen Kranz.
Bis die schneegekühlten Arme
einer schönen Sommernacht
löschend greifen in die warme
feuerfarb'ne Felsenpracht.

(Marie Reinthaler, Meran)

Das Alpenglühen ist häufig sichtbar; doch seine volle und feenhafte Pracht entfaltet es nur einmal im Jahre. Dann soll König Laurin, auf einem hohen Felsen stehend, in den Abendhimmel schauen und sinnend an sein Schicksal denken, das er nicht verwinden könne.

Stehst du noch auf jenen Zinnen
zu erwarten deine Stund'?
Schweift dein weltentiefes Sinnen
noch durch den metall'nen Grund? . . .
Komm' mit deinen klugen Zwergen
wieder aus dem Fels hervor,
laß' aus rosenroten Bergen
neu ertönen deinen Chor!

(Johannes Leibl)

Die Menschen lieben das Alpenglühen; sobald es aufleuchtet, treten sie aus ihren Hütten heraus und schauen und staunen, und haben wieder eine Ahnung von der guten, alten Zeit, wo es noch keinen Haß gab und keinen Totschlag und wo alles schöner und besser war. — Wenn aber der Rosengarten verglüht ist und seine Gipfel in kalter Klarheit stehen, dann schweigen die Menschen und kehren wehmütig zurück in ihre raucherfüllten Hütten.

•

Gerne hätte Laurin gewußt, wer der junge Krieger gewesen, der sich für ihn geopfert hatte. Die Berner aber sagten es ihm nicht und von den Zwergen hatte keiner gesehen, wie Dietleib in der Felsenkluft bestattet worden war. So konnte es Laurin niemals in Erfahrung bringen. Erst nach langen Jahren überkam ihn eine Ahnung des wirklichen Zusammenhanges.

Da war's, daß unter Tränen
ich es so recht empfand,
wie all dein Sein ein Sehnen
war nach dem Rosenland!

(Arthur v. Wallpach)

DIETRICHS ENTRÜCKUNG

„Berner, du solt mit mir gahn!"

(Aus dem Heldenbuche)

Es war einmal ein armer Kesselflicker, der sich nur mit Mühe durchs Leben brachte. Um seinen Beruf auszuüben, mußte er viel herumwandern. Und so kam er einst in der schönen Stadt Berne vor ein großes Schloß. Da dachte er, wie gut es der Herr dieses Schlosses wohl haben mochte. Um auszuruhen, legte sich der Kesselflicker in ein Gebüsch, an der Mauer des Schloßgartens. Es dauerte nicht lange, so hörte er in der Nähe einige Diener leise reden. Sie sagten, daß die Großen des Reiches nun beschlossen hätten, den König zu töten, denn er habe keine Nachkommen, sei schon sehr alt und lebe ihnen zu lange; weil er aber noch sehr rüstig mit den Waffen sei, so wolle man ihn überfallen, wenn er das nächstemal ein Bad nehme.

Der arme Kesselflicker erschrak nicht wenig ob dieser Worte und entfernte sich in aller Stille. Bald darauf traf er Leute und die fragte er, wem das Schloß gehöre. Die Leute erwiderten, dort wohne der Landesherr, der berühmte Dietrich von Berne.

Bei seinen weiteren Wanderungen kam nun der Kesselflicker in die Alpen und eines Abends ging er durch eine Ortschaft, in der die Leute gerade die Geschäfte schlossen. Da hörte er, wie ein Mann, der seine Arbeit beendigt hatte, zu den Vorübergehenden sagte: „Schaut, jetzt glüht er wieder!" Die Leute blieben stehen und schauten alle nach Osten. Über den Dächern der Ortschaft aber sah man einen großen, zackigen Berg, der war ganz rot. Der Kesselflicker fragte, was das für ein Berg sei.

•

„Das ist der Rosengarten", erwiderten die Leute; „einmal waren dort lauter Rosen, aber die sind versteinert und jetzt ist es nur noch ein furchtbares, kaltes Felsengebirge."

Diesen Berg muß ich mir ansehen, dachte der Kesselflicker; vielleicht kann ich mein Glück dort machen. Und er wanderte hin. In dem letzten Dörflein am Fuße des Berges fand er noch Arbeit. Dabei erkundigte er sich wieder nach dem seltsamen Berge. „Dort ist nichts zu holen", sagten die Dorfbewohner; „es sind dort nur Latschen (Legföhren), Steinhalden und knotige Felsen; der Berg ist verzaubert und gehört einem Zwergenkönig namens Laurin, der oben noch irgendwo einsam hausen soll."

Doch der Kesselflicker wollte seine Hoffnung nicht aufgeben. Deshalb erstieg er den seltsamen Berg und beging ihn von allen Seiten. So kam er endlich auch zu einem Felsüberhange, wo ganz allein und verlassen König Laurin saß. Es war ein kleiner Mann mit einer goldene Krone auf dem Haupte und einem Zepter in der Hand. Als er den Kesselflicker sah, fragte er ihn, wer er sei und was er da wolle; worauf jener entgegnete, er sei ein Kesselflicker und ziehe in der Welt herum, weil er Arbeit suche.

Der König dachte nach. Dann sagte er: „Wenn du soviel in der Welt herumziehst, so bist du vielleicht auch einmal in Berne gewesen und hast den König Dietrich gesehen."

„In Berne war ich vor zwei Wochen", entgegnete der Kesselflicker. Und nun erzählte er, was er dort vernommen hatte.

*

Da horchte Laurin auf und rief: „Traurige Märe bringst du, — König Dietrich, der gewaltige Kriegsheld, der einst überall siegte, soll im Bade ermordet werden? Das darf nicht geschehen, ich will es verhindern; schau' her — hier ist ein goldener Ring, den ich dir geben werde, wenn du meinen Auftrag erfüllt hast; da hinten in einem Tobel weidet ein Roß; nimm es und reite nach Berne zum König Dietrich; trachte mit allen Mitteln zu ihm zu gelangen, und dann sage ihm, daß er zu mir kommen und mein Gast sein solle; hier werde er vor seinen Feinden sicher sein."

„Gerne würde ich das tun", versetzte der Kesselflicker, „aber ich kann nicht reiten; also muß ich zu Fuß gehen."

„Das dauert zu lange", sagte König Laurin; „Eile tut not; versuch es nur mit jenem Roß; es ist ein lammfrommes Tier und wird dich nicht abwerfen."

*

Der Kesselflicker gehorchte. Er ging in den Tobel, fand das Roß, bestieg es von einem Steinblock aus und ritt hinunter in das Flachland, wo er bald die Stadt Berne vor sich erblickte. Als er die Königsburg erreicht hatte, sah er aus einem Fenster im Erdgeschoß Dampf emporwirbeln. Er band sein Roß an einen Baum und näherte sich vorsichtig dem Fenster. Die Diener im Erdgeschoß aber sprachen gerade darüber, daß sie nun zum letztenmal dem König das Bad bereiteten; denn lebend werde er es nicht mehr verlassen. Bald darauf kam der König selbst in den Raum und die Diener zogen sich zurück. Da trat der Kesselflicker vor das Fenster und richtete seinen Auftrag aus. Der König aber beachtete seine Worte nicht. Immer dringender bat der Kesselflicker, jedoch vergeblich. Als er sah, daß alles umsonst war, wollte er wegreiten. Aber bei dem Versuche, das Pferd zu besteigen, glitt er mehrmals herunter, denn er war eben kein Reiter.

Da hörte er plötzlich, wie der König laut lachte und sagte: „Wenn du es so machst, wirst du n i e hinaufkommen."

Doch der Kesselflicker verstand es nicht besser und rutschte wieder herunter. Auf das hin kam der König heraus, trat neben das Pferd und schwang sich mit einer einzigen Bewegung hinauf.

„So wird's gemacht!" rief er und wollte wieder absteigen. Aber nun ergriff der Kesselflicker das Pferd schnell am Zaume und das Pferd begann zu traben.

„Wohin führst du mich?" fragte der König.

„Herr!" versetzte der Kesselflicker, „ich sagte schon, daß Euch König Laurin eingeladen hat, sein Gast zu sein, weil Ihr hier nicht mehr des Lebens sicher seid."

„Ich habe früher nicht vernommen, was du sprachst", entgegnete der König, „denn mein Kopf ist immer schwer von Gedanken; einst gehorchten mir Tausende auf das Wort, heute scheint alles gegen mich verschworen zu sein; ich weiß auch, daß sie mir nach dem Leben trachten; deshalb nehme ich die Einladung an."

•

Sie setzten schweigend ihren Weg fort und erreichten endlich den öden Berggipfel, auf dem Laurin einsam hauste. Da begrüßten sich die Könige, die beide ihre einstige Herrlichkeit und Lebensfreude verloren hatten, — der eine, weil ihn sein Rosengarten nicht mehr freute, der andere, weil er des Undankes und Verrates im eigenen Reiche müde war.

Und sie wurden gute Freunde und blieben beisammen auf der öden Höhe, zwischen Latschen und Steinhalden und wilden, knotigen Felsen.

AUSKLANG

Und ich horchte hinaus
in den nächtigen Tag,
in die purpurne Nacht,
die auf Alpen lag ...

(Ludwig Scharf)

Vergessen sind heute die Zugänge zu König Laurins verzaubertem Reiche, versunken seine Tore, verloren ihre Schlüssel, verschwunden die Vogelsang-Haine und die geheimnisvollen Mühlen. Aber einmal wird das alles — von Kindern oder von Sängern — wiedergefunden und erschlossen werden; die Mühlen in den Waldschluchten werden wieder gehen, kein Totschlag und keine Not wird mehr sein, und aus jungen Rosen wird wiederum die alte Zeit erblühen.

Hiemite endet sich das Rôsengarten-liet!

(Aus dem Wormser „Rosengarten")

NACHTRAG

Die ältesten Formen der Rosengarten-Dichtung

(Eine kritische Betrachtung)

Kurz vor 1900 lernte ich einen aus dem obersten Fassatale stammenden alten Schafhirten kennen, ein kleines, kränkliches Männchen, das in der Bozner Umgebung herumhumpelte und von milden Gaben seiner Landsleute lebte. Wir trafen uns oft auf der Wassermauer und sprachen stundenlang über das Fassatal, das mich sehr anzog, weil ich das Werk „The Dolomite-Mountains" von Gilbert und Churchill (London 1864) gelesen hatte und weil mir durch meine Mutter die Sage vom König Laurin und seinem Rosengarten bekannt geworden war. Auch hatte mir eine Offizierswitwe die Karten ihres verstorbenen Gatten geschenkt, so daß ich den Rosengarten und das Fassatal eingehend studieren konnte, ohne je dort gewesen zu sein. Darüber bat ich nun den alten Schafhirten um nähere Auskünfte, wobei er mir kaum glauben wollte, daß ich das Fassatal noch nie besucht hätte, denn es schien ihm unmöglich, aus einigen Karten so viele Einzelheiten einer Landschaft erfassen zu können. Natürlich handelte es sich hauptsächlich um Namen. Nach einiger Zeit wurde ihm das fad und einmal sagte er: „Was haben Sie denn nur von den vielen Namen? Ich werde Ihnen eine Geschichte erzählen, die ist viel schöner als die Namen; sie heißt ‚la Kontìa dèi dòi rèyes' (die Geschichte von den zwei Königen) und wird Ihnen gefallen." — Er fing nun an zu erzählen. Da ich aber nur wenig Ladinisch und er nur wenig Deutsch konnte, so gab es allerhand Hindernisse; trotzdem gelang es mir, die Geschichte nachzuschreiben und mir den Text später von anderen Fassanern sprachlich richtigstellen und ergänzen zu lassen. Das Wesentliche davon habe ich schon in meiner „Monographie der Dolomitenstraße" (Bozen, Franz Moser, 1908, S. 86) veröffentlicht. Es ist die Geschichte von Laurins Leid, von der Versteinerung des Rosengartens und von Dietrichs Entrückung, die dort auf S. 99 bis 102 wiedergegeben ist. Der Kern schien mir die Erklärung des Alpenglühens zu sein (eine sog. ätiologische Sage), die sonst nirgends vorkommt, weder in den Sagebüchern von Alpenburg, Zingerle und Heyl, noch in den mittelalterlichen Texten. Aber die Tiroler Dichterin Adeline von Perckhammer (geboren zu Innsbruck 1817, gestorben zu Meran 1876) scheint doch etwas von dieser Sage gehört zu haben, denn sie schrieb ums Jahr 1865 folgendes:

„Das ist Laurins Rosengarten, der im Abendschein erwacht, —
eine Welt voll Prunk und Schimmer, eine Welt voll toter Pracht!"

Der alte Schafhirte wußte noch manches, das aber für mich keinen Wert hatte. Erst viel später, als ich im Fassatale herumforschen konnte, fand ich noch zwei kurze Sagen, die sich auf die „gute, alte Zeit" (Prùmes Tèmpes) und auf das Alpenglühen (Enrosadüra) bezogen und die deutlich erkennen ließen, daß man das Alpenglühen als eine Erinnerung an die gute, alte Zeit betrachtete — eine metaphysische Auffassung, die man wohl auf das geisterhaft schnelle Erscheinen und ebenso schnelle Verschwinden des Alpenglühens wird zurückführen dürfen. Das Alpenglühen war in den Dolomitentälern noch am Ende des 19. Jahrhunderts ein sehr bekanntes und vielbeachtetes Naturphänomen, für das es verschiedene ladinische Bezeichnungen gab: z. B. im Gadertale das märchenhaft klingende „Belsambrîs". Im Ampezzaner Tale soll es einen anderen, viel älteren Ausdruck dafür gegeben haben, der aber schon um 1900 verschollen war.

Es gibt viele deutsche Bearbeitungen der Rosengarten- und Laurin-Dichtung, die aber alle inhaltsmäßig sehr mangelhaft sind, weil sie als Grundlage nur das Spielmannslied aus der Zeit um 1200 (den sog. „Laurin A") benützen, den der Germanist Karl Müllenhoff 1866 herausgegeben hat. Darin kommt der rätselhafte „Dietleib" vor, zu dessen Beurteilung man aber nicht nur das mittelhochdeutsche Gedicht „Biturulf und Dietleib", sondern auch die norwegische „Wilkina-Saga" heranziehen muß. (Vgl. August Raßmann „Die deutsche Heldensage und ihre Heimat", zweite Ausgabe, 2 Bände, Hannover 1863). Die älteste Fassung des „Laurin" (das sog. Reckenlied) stammt aus der norwegischen Handschrift „Dvergekongen Lavrin", aus dem 15. Jh.

Die Rosengarten-Sage muß im Alpenraum sehr bekannt gewesen sein, denn es finden sich verschiedene Stellen, an denen sie verörtlicht ist, so bei Bozen, Meran und Ritten (Dreikirchen).

In der dritten Auflage dieses Buches (Bozen, Athesia, 1947) befinden sich umfangreiche „Erläuterungen" (S. 115—222), die wir aber diesmal weggelassen haben.

Bozen, im Herbst 1965

Karl Felix Wolff

INHALTSÜBERSICHT